KB056068

슬픔과 아름다움이
우리 삶을 변화시킬 것이다

전병준

2005년『세계일보』신춘문예를 통해 문학평론가로 등단했다.

『떨림과 사귐의 기호들』『김수영과 김춘수, 적극적 수동성의 시학』『슬픔과 아름다움이 우리 삶을 변화시킬 것이다』『마르크스주의와 한국의 인문학』(공저)『인문학, 정의와 윤리를 묻다』(공저) 등을 썼다.

현재 인천대학교 국어국문학과 교수로 재직 중이다.

ARCADE 0016 CRITICISM 슬픔과 아름다움이 우리 삶을 변화시킬 것이다

1판 1쇄 펴낸날 2022년 10월 1일
지은이 전병준
디자인 최선영
인쇄인 (주)두경 정지오
펴낸이 채상우
펴낸곳 (주)함께하는출판그룹파란
등록번호 제2015-000068호
등록일자 2015년 9월 15일
주소 (10387) 경기도 고양시 일산서구 중앙로 1455 대우시티프라자 B1 202-1호
전화 031-919-4288
팩스 031-919-4287
모바일팩스 0504-441-3439
이메일 bookparan2015@hanmail.net

ⓒ전병준, 2022, printed in Seoul, Korea

ISBN 979-11-91897-27-2 03810

값 22,000원

슬픔과 아름다움이
우리 삶을 변화시킬 것이다

전병준

여기 모은 글들을 쓰는 동안 아마도 나는 인간의 필멸성이라는 주제에 관해 자주 골몰했던 것 같다. 나서 자라 결국 흙으로 돌아갈 수밖에 없는 인간이 왜 그리 많은 번뇌에 시달리고, 증오와 질투와 시기 같은 것들로 자신을 스스로 괴롭히는 걸까. 언제라도 죽을 수 있지만, 오히려 그래서 영원히 살고 싶은 인간의 욕망이 마음을 움직여 그리도 많은 일들을 벌이게 했겠지. 때로는 자부심이 때로는 허탈함이 찾아왔겠지만 앞으로 하고 싶은 일들과 해야 할 일들이 새로운 욕망으로 이끌었겠지.

마냥 글 읽기가 좋고, 재미난 이야기 듣는 게 좋아 문학을 업으로 삼게 된 이후 끊길 듯, 끊길 듯하면서도 글쓰기를 계속 이어 왔던 건 아마도 필멸성에 대한 깨침과 순응과 거부가 번갈아 가며 내게 깃들었기 때문일 게다. 좀 더 나은 삶에 대한 꿈이 좀 더 나은 글쓰기와 좀 더 좋은 글 읽기로 이어졌고, 그래서 열심히 책을 읽는 만큼 열심히 고민하고 생각했다. 읽는 만큼 글이 나오는 것은 아니어서 그동안 쓴 글들을 모아 놓고 보니 소박하다 싶기도 하다.

발터 벤야민의 "신념은 난관을 극복할 수 있게 해 주지만, 인생이 공허해지는 것을 막을 수는 없다"는 구절을 주문처럼 되뇌며 공허함과 더불어 살기 위해 애를 썼지만 공허함이라는 절대무(絶大無)를 당해 낼 재간은 어디에도 없었다. 그 앞에서 끊임없이 좌절했고, 절망했다. 어쩌면 그 좌절과 절망이 글의 행간 어딘가에는 남아 있을지 모르겠다. 좌절과 절망 속에서 슬픔을 느꼈을 테고, 또 슬픈 만큼 아름다움에 대한 간절한 소망도 싹 텄을 것이다. "애타도록 마음에 서둘지 말라/강물 위에 떨어진 불빛처럼/혁혁한 업적을 바라지 말라"고 한 김수영의 말처럼(「봄밤」) 위대한 업적을 바라지 말고, 바라지 말자는 마음도 버리고, 버리겠다는 마음도 잊고 한동안 지내 볼까 한다.

두 번째 평론집이다. 내게 글 쓸 기회를 준 편집자들과 시인들에게, 그리고 같이 책 읽고 이야기를 나누며 용기를 건네준 동지들에게 감사의 마음을 전한다.

2022년 8월

전병준

차례

제3부

일러두기
인용문 가운데 일부는 읽기의 편의를 위해 현행 맞춤법 규정에 따라 띄어쓰기를 수정하였습니다.

제1부

슬픔과 아름다움이 우리 삶을 변화시킬 것이다
—이성복, 조정권, 이제니의 시

궂은일을 당하여

궂은일 끊이지 않는 이 땅에서 또 하나의 궂은일이 더해졌다 해서 이상할 것도 없겠지만 매번 당하면서도 때마다 슬퍼하고 분노하고, 또 증오하게 되는 것은 살아남은 자의 어쩔 수 없는 일이다. 일찍이 한반도의 역사가 수난의 역사라 한 함석헌 선생의 말을 떠올리지 않더라도 이 땅에 얼마나 많은 고통과 슬픔이 있었는지, 그로 말미암아 자학과 자폐가 우리의 정신을 얼마나 마비시켰는지는 구구한 설명을 덧붙일 필요조차 없겠다. 더구나 우리가 지은 죄로 인해 우리가 벌받게 됨에 이르러서야 무엇을 한탄할 수 있겠는가. 그러나 슬픔에 아무런 의미가 없는 것이 아니니, 슬픔은 우리로 하여금 슬픔을 넘어서라고 요청하고 명령하기 때문이다. 함석헌 선생의 말처럼 눈에 눈물이 어리면 그 눈물 너머로 하늘나라가 보일 순간이 올 것이다.

생각해 보면 문학은 슬픔 속에서 자라남을 알겠다. 내가 겪는 고통과 슬픔의 의미를 찾기 위해 헤매다 보면 그에 대해 최소한 자신을 이해시킬 만한 무언가를 떠올릴 수 있지 않겠는가. 고통과 슬픔의 의미를 찾다 보면 자신 속에 머무를 수 있고, 이 머무름 속에서 홀로 있음만을 생각하는 데 그치지 않는다면, 그때 터져 나오는 어떤 발설 같은 것이 문학이라는 것의 최초의 모습은 아닐까 추측해 보게도 된다. 나서 자라 결국에는 죽음에 이르게 되는 것이 인간의 운명임을 모르지 않으나 그 운명을 비로소 대면하게 되는 것도 결국 홀로 있음 속에 머무르며 홀로 있음을 반성할 때가 아닐까.

인간은 나서 자라고 결국엔 죽는다. 필멸성, 이것은 모든 인간의 숙명이다. 모든 지음받은 것들은 언젠가는 사라질 수밖에 없는 운명에 처해 있으니 거기에서 무언가 비극적인 것이 솟아오른다. 살아 있음의 비극은 살아 있는 동안 한없이 고통과 상처를 겪어야 한다는 것이다. 삶의 과정은 상처를 입고 아픔을 경험하는 것과 무엇이 다른가. 그러니 지음받은 것의 운명이 곧 슬픔을 겪는 것은 아닌가 생각하기에 이르게 된다. 결국 사라질 운명에서 자유로울 수 있는 것은 지상 어디에도 없으니 사라져 없어짐은 모든 존재하는 것들의 피할 수 없는 운명이다. 지금 있는 것으로서 없어지지 않을 것이 도대체 무엇인가. 지금 있는 것들은 모두 조금씩 사라지고 있는 것들이거나 곧 사라져 버릴 것들이다. 없음의 나락에서 벗어날 수 없다는 사실에서 비롯하는 슬픔이란 제 삶을 반성하는 존재에게는 벗어날 수 없는 천형과도 같은 것이 아닐까. 문학이 소멸과 몰락에 대해 관심을 가지게 되는 것도 모두 이러한 인간의 비극적인 운명에 민감하게 반응한 때문일 것이다.

살아 있는 것들은 모두 사라질 수밖에 없으나, 그래서 슬픔을 겪을 수밖에 없으나 그럼에도 살아 있는 동안 삶에 정성을 다해야 한다. 죽음에 정성을 다하듯 삶에도 정성을 다해야 하는 것이 살아 있음의 의무이기 때문이다. 그러나 때로 살아 있음은 부끄러움의 한 계기가 되는 것도 같다. 살아 있는 것 자체가 부끄럽게 여겨지는 순간도 있는 것이다. 마침 이성복의 시가 그러하다.

부끄러워 할 줄 알아야 인간이다

1

저 여자를 보면 막 눈물이 난다 아까 방금 전철에서 만난 여자였는데, 내가 울어야 할 아무 이유가 없는데, 그냥 저 여자가 반월당 가려면 어디로 가야 하는지 물은 것뿐인데 갑자기 반월성이 무너지고 겁에 질린 사람들 비명 지르며 몰려나오고 그 가운데 저 여자가 나를 돌아보며 겁에 질려 부들부들 떨 때, 내 몸 꽈리 풀리며 가엾은 여자를 덮치려 할 때, 나도 몰래 눈물 흘리며 내가 왜 이러는지 모를 때!

2

지금 내 앞에서 목도 머리도 없이 절룩이며 걸어오는 저 사내는 내가 靈界에서 올라올 때 앞을 가로막기에 무심코 베어 버린 녀석, 그런 식으로 내가 잠 깰 때마다 얼마나 많은 살생을 저질렀던가 또한 오늘 내가 먹은 음식들, 돼지 삼겹살과 닭갈비는 지금 내가 이 삶에서 몸부림치며 깨어나기 위해 피눈물도 없이 행하는 屠殺, 그러니 그 불쌍한 것들을 쳐 죽이며 예끼 成佛하거라! 하는 농담은 하지 말자, 아 부끄럽지 않은가, 부끄럽지 않은가, 이 삶이란 것!

—이성복, 「내가 왜 이러는지 모를 때」

(『문학과 사회』, 2014.봄) 전문

어느 순간 전에 본 적도 없는 한 여자를 보고 눈물을 흘리는 데 무언가 특별한 이유가 있을까. 더구나 그녀가 나와 아무런 연관도 없는 이일 때 말이다. "방금 전철에서 만난 여자"가 "반월당 가려면 어디로 가야 하는지 물은 것뿐"이니 여기에 울음을 유발할 어떠한 원인도 없어 보인다. 그런데 반월당이라는 현재의 지명에서 반월성이라는 역사적 지명을 떠올리며 이 시는 갑작스레 비약한다. 반월당은 대구의 지명이라 하고, 반월성은 신라 시대 한 지역의 이름이라 하니 이 둘 사이에 유사성이란 단지 청각적 효과밖에 없겠으나 시인은 여기서 무언가 역사적 사건을 떠올린다. "갑자기 반월성이 무너지고 겁에 질린 사람들 비명 지르며 몰려나오"는 상황을 떠올리는 데는 오늘의 상황에 대한 암시가 있는 것일까. 그 여인을 "겁에 질려 부들부들" 떤다고 했고, 또 "가엾은 여자"라 하였으니 최소한 이 울음에는 어딘가 연민에 가까운 감정이 작용하고 있음을 알 수 있겠다. 시인은 그 눈물 흘리는 순간을 "내가 왜 이러는지 모를 때"라 하였다.

이 시의 두 번째 부분에는 한 사내가 등장한다. 그런데 이 사내는 "내 앞에서 목도 머리도 없이 절룩이며 걸어오는" 사내이다. 첫 부분에서 여인의 등장도 그러하지만 둘째 부분에서 사내의 등장도 느닷없기는 마찬가지다. "내가 영계에서 올라올 때 앞을 가로막기에 무심코 베어 버린 녀석"이라 하였고, "그런 식으로 내가 잠 깰 때마다 얼마나 많은 살생을 저질렀던가"라고 하였으니 처음 만나는 사내를 꿈속에서 본 것처럼 여겼나 보다. 그런데 사내에 대한 생각을 반추하다 자신이 저지른 살생을 떠올리는 데 이 시의 비약이 있다. 생각해 보면 우리는 얼마나 많은 살생을 행하며 살아가는가. 아무리 죽이지 않고 살아가려 하여도 무언가를 죽이지 않고는 살 수 없는 것이 우리네 삶이다. 그러니 우리가 할 수 있는 것은 최소한으로 죽이는 것이 아닌가. 아무리 최소한으로 죽여도, 죽이지 않고는 살 수 없다는 깨침에서 발생하는 것이 부끄러움이 아닌가. "아 부끄럽지 않은가, 부끄럽지 않은가, 이 삶이란 것!"이라고 말한 데는 산다는 것 자체에 대한, 무언가를 죽이고 누군가를 해치면서 산다는 것 자체에 대한 반성이 있다.

누구의 말을 빌리지 않더라도 산다는 것은 죄를 저지르는 것이고 죽이고 해치는 것 아닌가. 그러니 우리가 할 수 있는 최소한이자 최대한은 가능한 한 적게 죽이고, 적게 해치는 것일 터이다. 우리가 저지른 행동에 대한 반성을 통해 성찰에 이르게 되고, 그것이 삶 자체에 대한 부끄러움으로 이끈다.

부끄러움이란 연민과 더불어 인간의 가장 근원적인 감정은 아닌가 생각하게 된다. 연민이 타인의 고통과 상처에 공감하도록 하는 것이라면 부끄러움이란 타인 앞에서 자신을 성찰하게 하는 것이다. 연민을 통해 타인과 함께 이루어 나갈 공동체에 대한 비전을 기를 수 있다면 부끄러움을 통해 자신의 존재 자체에 대한 깊이 있는 성찰을 할 수 있다. 이성복의 시를 읽으며 연민과 부끄러움이 있어야 인간이라 할 수 있음을 깨치게 된다.

삶을 쓰다듬는 시가 아니라 삶을 변화시키는 시

아시겠지만
지난 늦가을 심장 수술 후
저는 거의 두문불출입니다.

두문즉시산중(杜門卽時山中)
산책 운동하다 돌아와 방문 닫으면 제집은 깊은 산중.

산속에 누워 있는 내게
찾아오는 친구는 빙월(氷月)
가끔 같이 면회 오는
한월(寒月),
설월(雪月).

한 1년 요양해야겠지만 이 위독한 시대(니체식으로 표현하면)에 나
는 침묵에 가까운
미발간 시집 하나쯤 남겨 놓고 싶습니다.
살아 있을 때 꼭 시집을 내야 할 이유가 없습니다.

연못은 물이 가득 찰 때 소리를 내지 않습니다.
연못은 얼 때 소리를 내지 않습니다.
저 깊은 '소리 내지 않는 소리'를 구스타프 말러 교향곡 9번 4악장의
후반부처럼 되뇌이며 듣고 있으면
나는 아직 멀었구나 하는 생각이 듭니다.

마음을 한곳에 모으고
고요함을 살피는 일이
이 나이에는 병이라는 생각이 들었습니다.
마음을 한곳에 두지 않고
여기저기 머물고 있는 일도 더 큰 병이라는

생각도 들었습니다.

어떤 어른은
하루만 더
덧없이 살라고,
하시더니 홀로 가 버렸습니다.

산에 피는
꽃보다
꽃이 피어난 주위 허공을 보라고.
하시더니 꽃보다 먼저 가 버렸습니다.

누군가는 부처도 벗어나라 하셨습니다.

겨울 봉선사
연못은 폭설을 맞고
누렇게 마른 꽃대들이 꽃 피었던 시간의 형해들을 데리고
삶을 마중 나왔습니다.
마른 꽃대들이 여전히 꼿꼿하더군요.

고개 쳐들고
고개 쳐들고

꽃대들이
언 연못에서 꼿꼿하게

하반신으로 눌러 앉힌 얼음 두께.

저 자세
시에서 나올까.

삶을 쓰다듬는 시가 아니라
삶을 변화시키는 시.

겨울 광릉 숲 왔다 갑니다.
사람 없습니다.

드넓은 숲 높은 나뭇가지 가지
흰 눈
떼를 지어 몰려와 서식하고 있더군요.

광릉 숲 왔다가 갑니다.
설서루(雪棲樓) 바윗덩이가
배웅하더군요.

바위가 뱉은 말.
두문불출이 아니라
'개문불출(開門不出)'
수천 년 문 열어 놓고 살지만 나가진 않는다.

　　　　　—조정권, 「새해 인사—겨울 편지」(『현대시학』, 2014.3) 부분

　　　　　　　(「새해 안부—겨울 편지」, 『시냇달』, 서정시학, 2014)

조정권의 시를 읽으며 「산정묘지」를 떠올리지 않기란 좀체 쉽지 않은 일이다. 정신의 에너지를 고도로 집약하여 높은 고지에서 언어를 벼리는 모습이 오래도록 독자의 뇌리에 깊숙이 남아 있기 때문이다. 그러나 그는 그러한 고도의 집중으로만 시를 쓴 것이 아니라 일상의 세사에 대한 소박하지만 진지한 성찰을 통해서도 시를 써 왔으니 이즈음의 그의 시는 이러한 두 가지 경향이 교차하고 있다고 보아도 무방할 것 같다.

위의 시를 읽으며 구스타프 말러의 교향곡 9번을 떠올리지 않을 수 없었다. 이 시가 심장 수술을 받고 요양을 하고 있는 시인 자신의 삶을 이야기하며 말러의 음악을 말하기 때문이다. 마침 최근 세상을 떠난 지휘자 클라우디오 아바도가 남긴 음반을 들으며 문학과 음악과 죽음에 대한 생각에서 쉽사리 벗어날 수 없었다.

말러는 9번이라는 교향곡의 저주로부터 벗어나고 싶어 한동안 작곡을 못 했다고 전해진다. 베토벤을 위시해서 드보르작이나 브루크너와 같은 교향곡의 대가들이 그러했으니 말러의 두려움을 이해하지 못할 바는 아니다. 그래서 '천인교향곡'으로 불리는 8번 교향곡 다음에 '테너와 알토 그리고 오케스트라를 위한 교향곡'이라고 그 자신이 부르기도 했다는 「대지의 노래」를 쓰고 나서야 비로소 9번 교향곡을 썼다고 한다. 아다지오 악장만 남은 10번이 있으나 이것을 제외하면 온전히 끝맺은 교향곡으로는 9번이 마지막이다. 오스트리아에서는 보헤미아인이며, 독일에서는 오스트리아인이고, 세계에 대해서는 유대인이라며 자신을 삼중의 이방인이라 말했던 작곡가가 제 삶의 마지막에 이르러 세계에 보내는 장엄한 작별 인사가 이 곡이니 시인이 이를 이야기한 데는 특별한 연유가 있음을 알겠다. 더구나 작곡가 또한 심장병으로 오래 고통을 겪었다고 하니 지난해 심장 수술을 받았다는 시인이 말러의 음악을 떠올리며 자신의 삶을 반추하게 된 것은 어떤 의미에서는 당연하다 하겠다.

병으로 고통받으며 죽음을 맞이하는 것은, 겪어 보지 않은 나로서는 짐작할 수조차 없는 것이다. 필멸의 존재로서 인간이 맞이할 최후가 죽음이지만 살아 있는 한 삶에 집중하는 것이 살아 있는 자의 일이니 죽음의 위협을 잊고 사는 것 또한 어쩔 수 없는 것이다. 그러나 생각해 보면 나서 자라 죽는 것이 인간의 삶의 여정이니 시와 음악을 겹쳐 읽고 또 들으며 죽음에 대해 생각해 보는 것 또한 지극히 당연한 과정일 터이다. 시인이 젊은 시절 정신의 강렬한 집중으로 쌓아 올린 「산정묘지」와 최근 자주 이야기한 마음의 헐벗음과 가난함, 그리고 고요의 풍경을 파노라마처럼 눈앞에 떠올리는 것이 나만의 일은 아닐 것 같다.

시인은 말러 교향곡 9번 4악장 후반부의 정적을 "소리 내지 않는 소리"라 말하며, 정적 속에서 울려 퍼지는 소리를 말한다. 그것은 음악이 전하는 침묵 속의 울림이겠지만, 어떤 의미에서 이것은 시인이 말 없는 말로써 전하고 싶어 한 것일 수도 있겠다. 바로 앞에서 시인이 "미발간 시집 하나쯤 남겨 놓고 싶"다고 했으니 말이다. 더구나 "살아 있을 때 꼭 시집을 내야 할 이유가 없"다고 했으니 말러가 자신의 음악 마지막 부분을 정적으로 남겨 둔 것처럼 시인도 자신의 시적 여정을 여백으로 남겨 두고 싶었으리라 추측할 수도 있겠다. 요양을 위해 한적한 산사(山寺)를 산책하며 시인은 아마도 자신의 시작(詩作)을 되돌이켜 보기도 했을 터이고, 얼마 남지 않은 삶에서 어떻게 시업(詩業)을 마무리해야 할지 생각하기도 했을 터이다. 위의 시와 함께 실린 「가죽장갑」에서 "시는 시인이 자기 가죽을 벗겨 안감을 대어 만든 장갑"이라 말한 것에 빗대어 그가 자신의 삶을 희생해

가며 시를 써 왔다 말한다면 지나친 말일까. 시를 위해 순교한다는 말이 허사(虛辭)처럼 들리지 않는 것은 그가 병고를 겪으며 아름다운 시를 우리에게 들려주기 때문일 것이다.

시인이 쓰고 싶다고 하는 "삶을 쓰다듬는 시가 아니라/삶을 변화시키는 시"란 어떤 것일까. 음악에 대해서도, 시에 대해서도 잘 알지 못하는 나로서는 이에 대해 다만 추측할 수밖에 없다. 위의 구절을 통해 짐작하자면, 그의 시작에 대한 염원이 어지러이 횡행하는 거짓 화해와 거짓 위로가 아니라는 것을 최소한 알 수 있다. 삶을 위로함으로써 이미 있는 삶에 굴복하게 하는 것이 아니라 우리에게 주어진 삶을 좀 더 나은 것으로 변화시킬 수 있는 시가 진정한 의미에서의 시라는 것을 그는 말하고 싶었던 것이 아닐까.

왔던 길을 되돌아가며 시는 마무리된다. 광릉 숲 왔다 간다는 그의 행보가 어쩌면 그의 삶에 대한 회고와 전망으로 읽혀 한동안 이 부근에서 머뭇거릴 수밖에 없었다. 정신의 고도(高度)와 일상의 헐벗음 사이에는 어떤 모순도 없는 듯 여겨지기도 했다. 정신의 에너지를 집중시켜 초월적이고 절대적인 어떤 것을 추구하는 것과 일상적인 삶의 허망함을 이야기하는 것 사이에는 어떤 유사성 같은 것이 있겠다고 생각되었기 때문이다. 시인은 아마도 이 둘 사이에서 깨달음과 동시에 즐거움을 누리고 있는 것은 아닐까. 만년에 이르러 여유로이 삶을 관조할 수 있었기에 삶과 죽음의 경계에서도 아름다운 시를 지을 수 있었던 것은 아닐까. 나는 그에 대해 더는 덧붙일 말이 없다. 다만 이 시의 부분만을 옮겨 왔음을 부기해 둔다.

슬픈 것은 아름다운 것, 아름다운 것은 슬픈 것

우리는 태어나지 말았어야 했다. 사랑할수록 죄가 되는 날들. 시들 시간도 없이 재가 되는 꽃들. 말하지 않는 말 속에만 꽃이 피어 있었다. 천천히 죽어 갈 시간이 필요하다. 천천히 울 수 있는 사각이 필요하다. 품이 큰 옷 속에 잠겨 숨이 막힐 때까지. 무한한 백지 위에서 말을 잃을 때까지. 한 줄 쓰면 한 줄 지워지는 날들. 지우고 오려 내는 것에 익숙해졌다. 마지막은 왼손으로 쓴다. 왼손의 반대를 무릅쓰고 쓴다. 되풀이되는 날들이라 오해할 만한 날들 속에서. 너는 기억을 멈추기로 하였다. 우리의 입말은 모래 폭풍으로 사라져 버린 작은 집 속에 있다. 갇혀 있는 것. 이를테면 숨겨 온 마음 같은 것. 내가 나로 살기 원한다는 것. 너를 너로 바라보겠다는 것. 마지막은 왼손으로 쓴다. 왼손의 반대를 바라며 쓴다. 심장이 뛴다. 꽃잎이 흩어진다. 언젠가 타오르던 밤하늘의 불꽃. 터져 오르는 빛에 탄성을 내지르며. 나란히 함께 서서 각자의 생각에 골몰할 때. 아름다운 것은 슬픈 것. 슬픈 것은 아름다운 것. 내 속의 아름다움을 따라갔을 뿐인데. 나는 피를 흘리고 있구나. 어느새 나는 혼자가 되었구나. 되돌아보아도 되돌릴 수 없는 날들 속에서. 쉽게 찢어지고 짓무르는 피부. 멍든 뒤에야 아픔을 아픔이라 발음하는 입술. 모래 폭풍은 언젠가는 잠들게 되어 있다. 다시 거대한 모래 폭풍이 밀려오기 전까지. 너와 나라는 구분 없이 빛을 꽃이라고 썼다. 지천에 피어나는 꽃. 피어나면서 사라지는 꽃. 하나 둘. 하나 둘. 여기저기 꽃송이가 번질 때마다. 물든다는 말. 잠든다는 말. 나는 나로 살기 위해 이제 그만 죽기로 하였다.

—이제니, 「마지막은 왼손으로」(『현대시』, 2014.4) 전문
(『왜냐하면 우리는 우리를 모르고』, 문학과지성사, 2014)

"사랑할수록 죄가 되는 날들"이 있어 "우리는 태어나지 말았어야

했다"고 말하는 관계는 비통하다. 누군가를 만나고 또 사랑하게 되는 것은 축복과도 같은 선물일 터인데 그런 만남과 사랑이 도리어 후회의 원인이 된다면 그것은 얼마나 슬픈 일인가. 그리하여 죽음을 생각하게 된다니 이보다 더 비극적인 일은 없을 것 같다. 그러나 "말하지 않는 말 속에만 꽃이 피어 있었다"는 것은 이 관계에서 아직 다 하지 않은 것이 남아 있음을 알려 준다. 말로 차마 다 표현하지 못한 것이 아직 남아 있음에도 관계를 끝내지 않을 수 없을 때 무엇이 가능할까. 그것은 아마도 쓰는 일일 것이다. "무한한 백지 위에서 말을 잃을 때까지" 말이다.

이 관계에 대해서 우리는 아는 것이 그다지 많지 않다. "되풀이되는 날들이라 오해할 만한 날들 속에서. 너는 기억을 멈추기로 하였다."고 하였으니 나와 너 사이에 어떤 오해와 착각이 있었음을 짐작할 수 있을 뿐이다. 나는 너에게서 무언가를 발견하였을 것이고, 너또한 그랬을 것이다. 그래서 사랑이 시작되었을 것이다. 그런데 어떤 이유에서든 그 만남은 끝나 버렸다. 홀로 된 나는 "내 속의 아름다움을 따라갔을 뿐인데. 나는 피를 흘리고 있구나. 어느새 나는 혼자가 되었구나."라고 아프게 되뇐다. 그러나 아름다움은 내 속에만 있지는 않았을 것이다. 그것은 너에게도 있었을 것이다. 나와 너는 서로의 아름다움을 발견하여 사랑에 이르렀을 것이다. 그럼에도 사랑의 파국에는 그 아름다움을 나만의 것이라 여기는 비극이 도사리고 있다. 어쩌면 사랑의 파국을 가져온 원인은 여기에 있는 것이 아닐까. 아름다움이 내 속에만 있다고 여긴 것에 말이다.

그러나 시인은 "아름다운 것은 슬픈 것"이며 동시에 "슬픈 것은 아름다운 것"이라 말하기도 한다. 아마도 여기에 비극을 역전시킬 최소한의, 아니 최대한의 가능성이 있는 것은 아닐까. 슬픔은 없음에서 비롯한다. 너의 부재, 사랑하는 너의 없음. 사랑하는 네가 없기에 나는 슬픔에 휩싸인다. 너의 없음에서 나는 아파하고, 그 아픔이 나를 슬프게 한다. 그러나 슬픔은 나를 생각으로 이끈다. 너의 없음으로 인해 나는 아파하고, 그 아픔이 슬픔을 만드는 것이어서 나는 그 슬픔에 대해 생각하기 때문이다. 그런데 슬픔 속에서 내가 진정한 나를 만나게 되는 것은 슬픔이 만드는 새로운 사건이다. 슬픔이 나를 나에 대한 생각으로 이끌기 때문이다. 슬픔 속에서 대면하게 되는 나는 없음에 사로잡혀 있는 나여서, 없음 속에서 나는 비로소 나를 만나게 되기 때문이다. "나는 나로 살기 위해 이제 그만 죽기로 하였다"는 말은 진정한 나를 만나기 위한, 나의 진정한 아름다움을 만나기 위한 첫걸음이다. 그 만남의 아름다움이 어떠한 것인지를 찾아야 하는 것이 시인에게, 그리고 우리에게 주어진 과제이다.

슬픔과 아름다움의 론도에서 무엇을 찾을 것인가

어쩌면 슬픔이 모든 살아 있는 것들의 가장 근원적인 상태는 아닌가 생각하게 된다. 나서 자라는 과정이란 상처와 아픔을 겪으며 거기에서 비롯하는 슬픔을 견디는 과정이기 때문이다. 우리가 행복과 기쁨에 대해 그토록 목말라 하는 것도 아픔과 슬픔이 그만큼 더 바탕에 있는 까닭일 것이다. 그런 의미에서 시란, 그리고 문학이란 삶의 근저에 있는 슬픔에 대해 이야기하는 것일 수밖에 없고, 또한 그에 대한 해석이란 슬픔에 대한 해석일 수밖에 없다. 슬픔에 대한 해석을 시작하는 것, 우리에게 닥쳐오는 슬픔에 좌절하거나 탐닉하지 않고 강인하게 그것을 받아들임으로써 새로운 의미를 찾아내는 것, 이것이 우리가 해야 할 일이 아닌가. 우리가 익히 알고 있으나 잊어버린 것을 찾아내는 것, 그것이 바로 아름다움, 곧 아는 대상답다는 의미에서의 아름다움을 떠올리는 일의 진정한 의미가 아닌가. 아름답다는 '알다'와 '답다'가 결합하여 만들어진 말로, '알고 있는 것답다' 혹은 '아는 대상답다'는 뜻이니, 여기에는 우리의 기억을 다시 떠올리는 상기(想起)의 행위가 담겨 있다. 그러므로 아름다움을 사유한다는 것은 이미 알고 있었으나 잊어버린 것을 오늘에 살아 있게 하는 행위이다.

　슬픔과 아름다움은 우리 삶을 심연에서 지탱하고 있는 두 기둥이다. 슬픔은 아름다움으로 길을 내고, 아름다움은 슬픔을 끊임없이 다시 해석하게 하는 바탕이자 근거이다. 슬픔과 아름다움이 계속해서 반복되고 변주되는 것, 곧 슬픔과 아름다움의 론도가 우리의 삶이다. 그러니 슬픔과 아름다움은 우리 삶을 움직이게 하는 고통스러운 축복이며 선물이 아닌가. 슬픔을 어떻게 넘어설 것인가, 그리고 아름다움을 어떻게 새로이 만들어 낼 것인가. 이것이 우리에게 남은 일이다. **(2014)**

참으로 중요한 것은 비타협을 유지하는 일이다
─신철규, 이원, 장석원의 시

> 참으로 중요한 것은 메마름을 견뎌 내는 일이다.
> 재미있고 편안할 때가 아니라 메마름을 견딜 때
> 인간은 비로소 하느님과의 사귐에 정성과 공경을 다하게 된다.
> 메마름 속에서 어둡고 은밀한 직관이 겸손과 사랑을 기른다.
> ─김인환, 『한국고대시가론』

어긋난 시간 속에서

끊임없이 죽음이 재생산되고 반복되고 있다. 그런데 아직 채 그 원혼이 다 위로받지 못했음에도 죽음은 벌써 망각되고 있다. 충분히 울었으니 이제 그만 울라고 한다. 죽은 자는 죽은 자일 뿐, 이제 산 자는 내일을 도모해야 할 때가 아니냐고 한다. 지난 것은 지난 것이니 이제 다가올 것을 준비해야 할 때라고도 한다. 가해자는 어디에도 없는데, 죽음이 마구 넘쳐난다. 책임지는 자는 어디에도 없는데, 통곡의 골짜기는 깊어만 갈 뿐이다. 누가 여기서 애도(Trauer)와 우울(Melancholie)을 이야기할 수 있는가. 애도함으로써 정상적인 상태로 되돌아갈 수도 없고, 우울증에 사로잡힘으로써 상실한 대상에 집착할 수도 없다. 정상의 상태로 돌아가기에는 슬픔이 너무 큰 때문이고, 잃어버린 생명에 집착하기에는 통치의 부당함이 너무 큰 때문이다. 죽은 이들이 있어야 할 자리를 아직 채 마련하지 못했고, 그래서 그들에 대한 장사는 제대로 지내지 못했으니 우리가 어찌 평온한 삶을 누릴 수가 있겠는가.

우리는 지금 참사와 비극이 일상이 된 현실을 살고 있다. 갑작스러운 체포와 항상적인 사찰과 감시를 힘겹게 지나왔으나 여전히 예외상태가 우리를 맞이하고 있는 게 아닌가. 벤야민은 언젠가 이런 이야기를 한 적이 있다. "억눌린 자들의 전통이 우리들에게 가르치고 있는 교훈은, 우리들이 오늘날 그 속에서 살고 있는 '비상사태'라는 것이 예외가 아니라 상례라는 점이다. 우리는 이러한 인식에 상응하는 역사의 개념에 도달하지 않으면 안 된다. 그렇게 되면 진정한 비상사태를 도래시키는 것이 우리의 임무라는 사실이 명약관화해질 것이고, 그리고 이를 통해 파시즘에 대한 투쟁에서 우리가 갖는 입장도 개선될 것이다."(『역사철학테제 8』) 이 말은 그가 산 시대와 우리의 시대 사이에 놓여 있는 시간적 격차를 단숨에 무화시킨다. 그가 말했던 비상사태와 예외상태가 바로 우리가 사는 '지금, 여기'와 무엇 하나 다른 것이 없는 듯 여겨지기 때문이다. 그래서 시간의 경과가 과연 소용이나 있는 것인가 묻지 않을 수 없다. 시간은 얼마나 제 본래의 시간에서 탈구되어 어그러져 있는가. 우리는 얼마나 우리가 믿고 있는 지금의 시간으로부터 멀리 떨어져 있는가. 그러나 생각해 보면 우리가 살고 있는 이 세기야말로 가장 어긋나 있는 시간이기도 한 것 같다. 광화문과 용산과 강정과 밀양뿐 아니라 월가를 점령하라(Occupy Wall Street) 운동까지 모두 어긋난 법과 정의에 대한 분노와 항의의 표시이기 때문이다. 그러니 (데리다를 참조해서) 햄릿이 유령의 목소리를 들으며 "시간이 어긋나 있다(The time is out of joint)"라고 말한 시간과 오늘 우리의 시간은 기묘하게 흡사하다고 말할 수밖에 없겠다.

그러나 절대적으로 어긋난 이 시간 속에서 그저 삶을 유지하는 데

지쳐 있을 수는 없는 것이 또한 우리의 일이다. 죄 없는 죽음을 겪으며 비로소 우리는 타자에 대한 책임감을 느끼고, 그럼으로써 제 모습을 잃어버린 역사와 세계의 본래의 형상에 대해 물음을 던질 수 있기 때문이다. 죽음이 우리에게 강요하는 책임감을 떠맡음으로써 타자와 관계 맺게 되고, 어긋난 시간에 대해 깨치며 진정한 역사가 무엇인지 다시 묻게 된다.

많은 시인들이 원통한 죽음과 무능한 통치와 비합법적인 치안에 대해 고통스럽게 이야기하였다. 나는 다만 그 가운데 몇 편을 골라 췌언을 덧붙일 뿐이다.

모든 것이 가만히 있는 곳이 지옥이다

슬픔의 과적 때문에 우리는 가라앉았다
슬픔이 한쪽으로 치우쳐 이 세계는 비틀거렸다

신의 이름을 부르고 싶었지만 그것이 일반명사인지 고유명사인지
알 수 없어 포기했다

기도를 하던 두 손엔 검은 물이 가득 고였다

가만히 있으면 죽는다
최대한 가만히 있으려고 할수록 몸에 힘이 들어갔다
나는 딱딱해지고 있었다

해변에 맨발로 서 있던 유가족

맨살로 닿을 수 없는 거리가 그들을 얼어붙게 만들었다
죽을 때까지 악몽을 꾸어야 하는 사람들의 뒷모습
학살은 모든 사람들이 동시에 꾸는 악몽 같은 것

손가락과 발가락까지 피가 돌지 않고
눈이 심장과 바로 연결된 것처럼 쿵쾅거렸다

모든 것이 가만히 있는 곳이 지옥이다
꽃도 나무도 시들지 않고 가만히 멈춰서 못처럼 박혀 있는 곳
죽은 마음, 죽은 손가락, 죽은 눈동자

위로받아야 할 사람과 위로할 사람이 한 사람이라면
우리에게 남은 것은 기도밖에 없는 것인가

우리는 떠올라야 한다
우리는 기어올라야 한다
누구도 우리를 끌어올리지 않는다

가을이 멀었는데 온통 국화다
가을이 지난 지가 언젠데 국화 향이 이 세계를 덮고 있다
컴컴한 방에 검은 비닐봉지를 쓰고 앉아 있는 것처럼 숨이 막힌다
꿈속에서도 공기가 희박했다

해변은 제단이 되었다
바다 가운데 강철로 된 검은 허파가 떠 있었다

─ 신철규, 「검은 방」(『현대시학』, 2014.6) 전문

(『지구만큼 슬펐다고 한다』, 문학동네, 2017)

죽음에 대한 이 기록은 직접적이며 전면적이다. 과적으로 인한 침몰이 불러온 것이 지옥이 아니고 무엇이냐고 묻는 이 전언은 끔찍하다. 그러나 우리가 겪은 것이 지옥이 아니고 무엇인가. 그러나 우리의 망각과 체념이 경악스러운 사건을 기억의 저 밑바닥으로 숨기기 전에 해야 할 것이 무언가 있기는 해야겠다.

"슬픔의 과적" 때문에, "슬픔이 한쪽으로 치우"친 까닭에 우리의 세계는 커다란 공백을 경험하였다. 많은 이들이 "학살"당한 듯 죽었고, 아직도 찾지 못한 흔적이 우리로 하여금 이 사건을 절대적인 사건으로 증언하라고 요구한다. 인간이 행한 일로 발생하였으나 인간의 힘으로 막을 수 없는 참사였으므로 신의 도움을 요청해야 할 것인가. 그러나 이는 적절한 방법이 아니라 할 수는 없어도 졸렬하기 이를 데 없는 방법이다. 모두를 죄인으로 만들고, 그리하여 책임의 소재를 지워 버리기 때문이다. 예수는 세상에 화평을 주러 온 것이 아니라 검을 주러 왔다 하지 않았는가(『마태복음』 10:34-35). 거짓 화해와 거짓 치유가 아니라 진정한 의미에서 불화가, 잘못을 분간하고 따지는 일이 우선되어야 하지 않는가. 원인 없는 결과는 없고, 반작용에는 작용이 있어야 한다. 그런 까닭에 "신의 이름을 부르고 싶었지만 그것이 일반명사인지 고유명사인지 알 수 없어 포기했다"라는 말은 자연의 무자비함 앞에 나약해질 수밖에 없는 인간의 무능력에 대한 고백인 동시에 신의 전능함으로 이 비극을 덮어 버릴 수는 없다는 최소한의 양심선언이다. 자연은 인간의 이해관계를 떠나 스스로 그러하게 있으니 우리가 그에 대해 무언가를 요구할 권리가 없

고, 인간의 일을 신의 처분에 맡기는 것은 인간의 일을 끝내고 난 다음이어야 한다.

통치자들은 우리에게 가만히 있으라고 하였으나 "가만히 있으면 죽는다"는 것이 우리가 확인한 원리다. 슬퍼하지 말고, 분노하지 말고, 증오하지 말고 가만히 있으라는 명령은 우리를 무생명의 차원으로 끌어내리는 처사가 아닌가. 그러니 이것이 인간성 자체를 위험에 빠뜨리게 한 아우슈비츠와 무엇이 다른가. 우리는 그것을 악몽인 것처럼 여겼지만 이제 우리가 그것을 경험하고 있다.

"학살은 모든 사람들이 동시에 꾸는 악몽 같은 것"이라 하였으나 이것은 꿈이 아니고 현실이며 "지옥"이다. 이 지옥에서 벗어나는 길은, 아니 최소한 견딜 수 있는 길은 "기도밖에 없는 것인가". 아니다. 아직 멀었다. 기도는 인간의 일이긴 하나 인간이 할 수 있는 일을 다한 다음에 해야 할 일이다. 그러나 우선 "제단"을 마련해 두라. 거기서 임시방편으로나마 원혼을 조금은 달랠 수 있게. 하지만 이 것은 우리가 겪은 사건과 사고를 없었던 것으로 만들기 위한 것이 아니라 그것을 근본에서부터 다시 생각하기 위해서여야 한다. 악의 반복을 끊고 새로운 생명의 탄생을 위한 준비가 거기서부터 시작되어야 한다.

무엇을 위한 씻김인가

비 온다
꽃잎 젖는다

기울어진 허공에 오래 기대어 있었다

나는 나에게만 달라붙어 있었다

여기서는 갇혀 있었으니 저곳에서 얼음물로 뛰어들고 있다

여기서는 뜨겁고 거기서는 차갑구나

뒤도 돌아보지 마

전생에도 없던 일이야

여기서는 파도 소리가 들린다

돌아올 때 필요한 것들을 챙겨 넣고 떠났다

트렁크마다 굴러가는 바퀴가 네 개씩 달렸다

발밑에서 파도 소리가 들린다

방에는 창문이 없는데

양란이 도착했다

맥락 없는 큰 리본을 매달고

오늘 핀 꽃들은 모두 어디로 돌아갔나

세상은 눈을 감은 적이 없는데

삼켜지지 않는 혀가 입속에 들어 있다

바람의 기록은 나무 속에 남아 있다

심연으로부터 자라나는 뿌리처럼

귀가 얼굴 밖에 붙어 있다

어디 가니

집에 가지

집에는 왜 가

이제 멀리 왔다

—이원, 「씻김」(『시작』, 2014.여름) 전문

　내리는 비와 비에 젖은 꽃잎, 그리고 이들이 그려 내는 풍경은 한 편의 서정시가 감당하기에 충분한 소재들이다. 마침 그 풍경을 바라보는 이의 성찰이 여기에 곁들여지니 이것이야말로 전래의 서정적 어법이 아닌가. "기울어진 허공에 오래 기대어" "나는 나에게만 달라붙어 있었다"고 했으니 이제 시인이 들려줄 이야기에 귀를 기울이기만 하면 될 것 같다. 그런데 다음에 이어지는 작은 글씨는 읽는 이를 당황하게 한다. 더구나 여기서 갇혀 있다 저기 얼음물로 뛰어들고 있는 것은 무엇을 두고 한 말일까.

　시인이 이야기하고자 하는 것을 온전히 알 수는 없으나 이 시의 제목에 어느 정도의 암시는 있는 것 같다. "씻김"은 억울하게 죽은 원혼을 달래는 것이 아닌가. 그렇다면 이 시는 억울하고 원통하게 죽은 이들의 넋을 달랠 뿐 아니라 그로 인해 슬픔과 절망에 빠져 있는 우리를 위로하기 위한 노래로도 읽을 수 있겠다. 그러나 이 씻김은 무엇을 위한, 누구를 위한 씻김인가. 슬픔과 억울함과 분노를 달래기 위한 것인가. 고통과 절망을 넘어서도록 하기 위한 것인가.

비극과 참사는 우리를 고통과 분노에 떨게 하지만 그 슬픔과 절망에 무언가 뜻이 있어야 할 것이다. 아니 우리가 그것을 통해 뜻을 찾아야 할 것이다. 고통과 슬픔이 이미 있는 사실을 정당하다고 추인하는 데 그쳐서는 안 되기 때문이다. 슬픔과 분노를 넘어서기 위해, 고통과 절망을 넘어서기 위해 최소한의 절차로서만 씻김이 필요하다. 비극은 우리로 하여금 고통과 슬픔을 겪게 하지만 전혀 무의미한 것은 아니다. 비극은 우리를 시험에 들게 한다. 네 인내가 무엇까지 감당할 수 있는가. 네 용기가 무엇을 감행할 수 있는가. 그에 대해 답을 해야 하는 것이 우리의 의무이다.

고통과 폭력과 아름다움을 창조한 우리의 사랑과 혁명

모두 묻혔어요
누가 가뒀나요
왜 몸을 훔쳤나요
분쇄된 천국처럼 버려져서
어둠을 격퇴할 수 없다고 노래하며
파괴된 세상을 기억하려고 해요
사슬이 파고든 몸, 살과 **뼈**에 대한
통증 없이 우리는 살 수 없어요

오래전 청년이 교문 앞에서 스러질 때
붉은 피 심장 밖으로 흘러나갈 때 우리가
나쁜 믿음 다른 사랑으로 걸어 들어갈 때
쇄도하는 초과하는 압도하는

생의 소음에 갇혀 묵시했던 것들

우리는 우리의 기원 속에 깃들었던 사랑을 발견할 것이고
우리는 패퇴의 참호에서 탈출할 것이다 어느 날
우리를 버팅기는 많은 참회 속에서 아무도 아무것도
우리를 치유할 수 없다는 사실의 부활

여기에 음악이 흘러요 절망이 넘실거려요
다른 나의 시공간이 펼쳐져요
우리 왜곡되었어요 시작할 수 없었어요
우리 축출되었어요 인간이었지만 단 한 번도
다른 인간이었던 적이 없었던
우리는 영원한 적이었어요

고통과 폭력과 아름다움을 창조한
우리의 사랑과 혁명
(It's beautiful day!)
변장한 천사를 본 듯해요 거리에서
우리는 우리의 삶을 기획했고
그날의 거리에서 우리는 살고 있는데

*

(시민들의 합창)
이 세계가 우리의 신전이고

이 거리가 우리의 이념이었지
이곳에 불굴의 의지와 생의 불꽃
이곳에 흘러넘치는 우정과 시작된 천국

(우리들의 노래)
우리는 듣고 있어요
그들이 속삭여요
우리는 혁명을 기획하고 있어요
우리는 지금 진보에 대해 말해야 해요
아무도 모르는 이 사실
가난한 사람들이 일어설 거예요
그들이 우리에게 희망을 나누어 줄 거예요
그들이 우리에게 더 나은 삶에 대해 말해 줄 거예요
더 행복한 곳으로 달려요 달려요
그곳으로 그곳으로
달려요 우리를 무너뜨리기 위해
우리에게는 한 번도 이루어지지 않았던
미세한 혁명이 필요해요 꿈꿔요
우리는 지금 이상을 복구했어요

우리는 붉어졌어요 뜨거워졌어요
발전하기 위해 걸어온 길을 불태웠어요
연기와 재, 우리가 소각한 육체의 찌꺼기

(나의 노래)

당신의 빛과 열로 나는 살았는데

당신이 왼쪽에 있을 때 나는 아무것도 아니었는데

여기서 연기가 되고 있어요

여기서 부서져 재가 되었어요

흑연처럼 신음하면서

기억의 바깥으로 불어 가는 미풍을 바라봐요

빠져나가는 피가 있어요 새 약이 주입되었어요

사랑한다는 말 때문에 나는 맹인이 되었고

그 말 때문에 나는 소음으로 나를 차단했고

나는 혀를 삼켜 함묵에 나를 유폐했어요

*

봄의 신록을 빨고 있는 나의 혀 위에 남겨진 연기와 재

　　　—장석원, 「신록의 무덤 앞에서」(『21세기문학』, 2014.여름) 전문

　　　　　　　　　　　　　　　　　　(『리듬』, 파란, 2016)

　여럿과 하나 사이에서, 그들과 우리 사이에서, 과거와 현재와 미래 사이에서 무엇을 선택할 것인가. 이것이 아니면 저것이라는 이분법의 경계를 장석원은 가볍게 지나간다. 사랑이 곧 혁명이고, 혁명이 곧 사랑이라는 신념을 지니고서는 어디로든 가지 못할 곳이 없을 것 같다. 이것은 분명 우리에게 익숙한 것은 아니다. 우리는 항상 양자택일의 논리에 따라서, 이것이며 동시에 저것일 수 없다는 논리적 추론의 경계 안에서 살아가기 때문이다. 그 원리가 삶의 본래적인 모습과 어긋난다는 것을 알면서도 모른 척 그냥 세상의 이치가 그런 것

이라며 살아가는 것이 우리의 삶이다. 그런데 이러한 냉소적이며 동시에 체념적인 삶의 기율이 어쩌면 오늘의 비극을 낳은 것은 아닐까.

위의 시를 읽으며 문득 든 생각이 이것이다. 격렬한 반대나 무조건적인 찬성보다 오히려 더 나쁜 것이 냉소와 체념이 아닌가 하는 것. 마침 시인이 "오래전 청년이 교문 앞에서 스러질 때"를 말하며 지난 연대의 상징적인 사건을 떠올리게 하니 더욱 그러하다. 한 학생이 교문 앞에서 국가의 폭력에 의해 살해당하고, 이것이 기폭제가 되어 거대한 전환이 있었음을 어찌 잊을 수 있겠는가. 그런 까닭에 이 시가 과거에서 무언가 에너지를 찾을 수 있기를 바라는 마음에서 쓰였음을 알 수 있다. "우리는 우리의 기원 속에 깃들었던 사랑을 발견"하고 "패퇴의 참호에서 탈출"할 것이라 말하고 있으니 말이다. 게다가 "사슬이 파고든 몸, 살과 뼈에 대한/통증 없이 우리는 살수 없어요"라는 구절에서 감금과 고문으로 얼룩졌던 지난 역사를 떠올리는 것이 지나친 억측은 아닐 것이다.

『루이 보나파르트의 브뤼메르 18일』의 서두에서 마르크스는 헤겔의 말을 인용하며, 모든 거대한 세계사적 사건들과 인물들은 두 번 나타난다고, 한 번은 비극으로, 한 번은 희극으로 나타난다고 말했다. 혁명을 배반하고 황제에 오른 삼촌과 그런 삼촌을 따라 공화정을 배반하고 황제에 오른 조카로 이어지는 프랑스의 역사를 현장에서 목격하며 혁명의 반복을 통해서도 역사의 흐름은 좀체 바뀌지 않는다는 데 분노했을까. 그러나 마르크스는 죽은 자들을 불러내는 것은 새로운 투쟁을 찬양하기 위해서이며 혁명의 정신을 재발견하기 위함이라고 덧붙였다. 과거를 통해 미래를 만드는 것이 그의 전략이었다고 할 수 있겠다. 과거를 어떻게 해석하느냐에 따라 다른 미래가 우리 앞에 도착하는 까닭이다. 그러니 미래는 과거를 경유해서 비로소 우리에게 상속되는 것이 아닌가.

합창과 중창과 독창이 섞여 있는 오페라처럼 연출된 이 시에서 핵심적인 부분은 혁명과 진보가 가난한 사람들에 의해서 비롯하리라는 것이다. 가난한 사람들이 일어나 "우리에게 희망을 나누어 줄 거예요" "우리에게 더 나은 삶에 대해 말해 줄 거예요"라고 노래하는 부분은 혁명론의 한 구절처럼 읽히기도 한다. 그러나 이 혁명은 지난 시대의 거대한 혁명이 아니라 "미세한 혁명"이라는 점에서 무언가 다르다. 우리가 만들 "더 나은 삶"이 이미 있었던 혁명론에서 에너지를 얻지만 그럼에도 거기에 무언가 다른 것이 덧붙여진다는 뜻일 터이다. "우리에게는 한 번도 이루어지지 않았던" 새로운 혁명이 어떠한 것일까.

"봄의 신록을 빨고 있는 나의 혀 위에 남겨진 연기와 재"라는 구절로 마무리되는 이 시에서 새로운 혁명이 어떠할지 알 수 없다. 그러나 그의 노래를 통해 최소한의 기준은 추측할 수 있을 것 같다. 오래된 우리의 몸과 마음을 버리는 데서 시작할 것, 우리가 살고 있는 이 세계와 이 거리에 뿌리박을 것, 불굴의 의지를 지니되 우정을 지닐 것. 그리하여 "고통과 폭력과 아름다움을 창조"하는 사랑이 될 것. 그럼에도 기존의 체제에 대해서는 비타협의 자세를 유지하며 긴장할 것.

코다(coda)

비극과 참사 앞에서 할 말을 잃어버린 나는 그들의 죽음과 우리의 삶에 대해 말할 자격도 없을 뿐 아니라 거기에 부칠 조시(弔詩) 한 편 지을 재주조차 없다. 다만 이 글의 끝에 말러가 스스로 "부활"이라고 부제를 단 교향곡 2번 4악장 한빛(Urlicht)의 한 구절을 옮기는 것으로 부끄러운 책임을 대신하려 한다.

Ich bin von Gott und will wieder zu Gott!

Der liebe Gott wird mir ein Lichtchen geben,

Wird leuchten mir bis in das ewig selig Leben!

나 하느님에게서 났으니 하느님에게로 돌아가리라!

사랑하는 하느님 빛을 주시리니,

영원히 축복받는 생명에 이르기까지 비추어 주시리라!

(2014)

새로운 빙하기를 건너는 법
―이현승, 김선재, 나희덕의 시

절망과 희망

희망을 배우기보다 절망을 먼저 익히고, 삶을 누리기보다는 삶에 겁박당하는 시절이라고 하면 지나친 말일까. 옳은 일을 하기보다 이익이 되는 일을 하기 바쁘고, 타인의 일에는 애써 눈감는 것이 상식이 되어 버린 세상에서 암울한 전망의 유혹을 받는 것은 어쩌면 당연한 일일지 모르겠다. 거짓과 불의에 맞서 때마다 일어서던 불굴의 강인함도 반복되는 교활한 간계 앞에서 지쳤고, 분노와 증오도 이제 그 힘을 잃고 공허한 외침으로 끝나고 만 것이 아닌가.

지성은 언제나 어두운 면을 과장하게 마련이니 우리가 처한 현실을 조금은 비극적으로 각색하는 것이 지나치다고 할 수만은 없겠다. 그러나 임박한 파국은 곧 어떤 임계점에 도달하리라는 신호가 아닌가. 어둠의 핵심을 바라보는 것은 암울함과 절망감에 경도되었기 때문이 아니라 온갖 부정적인 것들을 돌파할 최소한의 용기를 얻기 위해서일 것이다. 물론 이것을 단순히 문학적 수사라고 할 수도 있겠으나 우리는 이러한 희망을 통해서 비로소 용기를 얻을 수 있는 것이 아닌가. 슬픔을 겪으며 눈물을 흘리고, 그 눈물 너머 하늘나라를 볼 수 있으리라는 간절한 우리의 기도가 아직 이루어지지 않았다고 하여 절망하거나 체념할 필요는 없다. 우리의 눈물이 아직 충분치 않고, 우리의 기도가 아직 충분히 절실하지 않기 때문이다. 희망은 절망하는 이에게만 주어지는 선물이라 하였으니, 우리에게 남은 고통과 슬픔이 있다면 그것을 좀 더 겪어야겠다. 슬퍼하는 자에게 복이 있다는 말을 우리가 증명해야겠다.

우리에겐 낙관 자체가 곧 절망이다

도망갈 곳이 없다

우리는 변화를 갈망했지만

결국 우리는 갈망 자체에 안주해 버린 것이다.

같은 실수를 반복하지 않는 것도 진화라고 생각했다.

그러나 천 년 전 사람에게서 같은 절망의 내용을 보았을 때의

비참. 천 년째의 갈증을 입에 녹인다.

전생이 있다면 왜 나는 기도의 순간에만 태어나는 걸까.

맞아. 그때도 우리는 이민이나 망명이라는 말을 들었던 것 같다.

하지만 고통을 말할 때 빠뜨리지 말아야 할 것은

그것을 즐기는 마음이다.

그렇지 않은가 포조? 블라디미르?

우리에겐 낙관 자체가 곧 절망이다.

여기를 벗어날 수 없다고 느껴 왔지만

새삼스럽게도 언제나 출발점에 있는 것이다.

무소속

더 나은 시급과 연봉으로 건너가고자 했지만

결국 떠돌이였을 뿐.

우리는 소속이 없다는 뜻에서만

여전히 자유인이며

불안은 우리의 항상심이 되었다.

유연하게 갈아타기하고 싶었지만

우리는 믿음이 없는 신앙인처럼

우리는 여기에도 없고 그 어디에도 없으며

구원도 없고 심지어 절망도 없다.

러시 앤 캐시

우리는 대부 시스템으로 살았다.

끌어 쓸 돈이 얼마간 있다는 건

아직 끝난 것이 아니며

미래란 거기 잠시 있었다. UFO처럼

대부분 믿지 않지만 마치 잠깐 놀라기 위해서만 있다 사라지는 것이
었다.

그건 또 팔아 치울 무언가가 남아 있다는 뜻이지만

순결을 경매하는 여대생처럼

낙관이란 대개 미학적 미숙함과 추상성에서 기인한다.

두려움도 그렇다. 신체포기각서라는 말처럼

그것은 물질적이다. 새삼스럽지도 않게.

극빈의 번데기를 열고 나온 것은 극악이었다.

―이현승, 「고도를 기다리며」(『현대시』, 2014.8) 전문

(『생활이라는 생각』, 창비, 2015)

거짓 희망과 내용 없는 낙관주의를 강요하는 이곳을 벗어날 방법
이 어디에도 없는 삶은 비참하다. 낙원에 대한 환상이 끊임없이 재
생산되는 이곳에선 "갈망"만 허용될 뿐 변화를 불러오는 실제 행동
은 금지되기 때문이다. 아무리 애써 기도해도 그 기도를 들어줄 이
는 어디에도 없으니 대답 없는 메아리만 허공에서 맴돈다. 그러나
돌이켜 생각해 보면 언제는 평안하고 행복한 삶이 있었던가. 그것은
상상 속에서나 가능했던 것이 아닌가. "천 년 전 사람에게서 같은 절
망의 내용을 보았을 때의/비참"이라는, 낡은 깨침을 얻으며 우리는
한결같은 고통과 슬픔의 내력을 다시 한번 각인하기에 이른다. 변화
는 불가능하고, 변화에 대한 갈망만 허락되는 곳, 여기에서 유일하
게 가능한 것은 "갈망 자체에 안주"하는 것 말고는 아무것도 없다.
"낙관 자체가 곧 절망"이라는 뼈아픈 깨침은 이러한 과정이 이끄는
길의 막다른 지점이다. "더 나은 시급과 연봉"을 얻고 싶으나 "떠돌
이"였음을 아프게 깨치고, "소속이 없다는 뜻"에서만 "자유인"인 우
리에게 허락되는 것은 다만 죽음으로 도약할 자유밖에 없지 않은가.
"구원도 없고 심지어 절망도 없다"는, 냉정하기 이를 데 없는 판단은
우리가 경험하고 있는 오늘의 현실이 절대 비극, 어디에도 비교하거
나 비유할 수 없는 끔찍함 그 자체임을 선언하고도 남는다. "극빈의
번데기를 열고 나온 것은 극악"이었다는 시인의 마지막 전언은 비극
의 다음에 희극이 있으리라는 우리의 안이한 기대를 무참하게도 짓
밟는다.

우리에게 필요한 것이 근거 없는 낙관주의가 아님은 누구도 부정

할 수 없는 사실이다. 삶을 옥죄고 있는 일상의 권력 앞에서 우리에게 주어진 역할은 다만 노예의 그것임을 뼈저리게 겪으며 서푼짜리 희망으로는 어떠한 탈출구도 찾을 수 없음을 이미 알아 버렸기 때문이다. 극단의 시대인 20세기를 힘들게 지나왔으나 우리를 기다리고 있었던 것은 극빈과 극악과 같은 또 다른 극단이니 어떻게 지옥과도 같은 현실을 견딜 수 있을 것인가. 거짓 희망과 거짓 치유가 지성을 마비시키는 아편임을 모르지 않으니 거짓됨으로 이를 견딜 수도 없고, 아무것도 없는 메마름의 상태를 알몸으로 겪자니 그 끝이 보이지 않는 어둠이 너무나 깊어 숨이 막힌다. "끌어 쓸 돈"은 이미 탕진했고, 빌려 쓸 미래도 이제 더는 남아 있지 않은 것 같다.

증오를 배우지 않기 위해, 아름다운 것을 기억하기 위해

쉿,
이전의 일들은 모두 비밀이야
어떤 나라의 어른들은 말했다

증오를 배우지 않기 위해서,
아름다운 것을 기억하기 위해서

늘 손가락은 모자라거나 남았고
지붕은 점점 뜨겁게 달아올라
안과 밖에서
걸핏하면 열이 들끓었다

처마 끝에 매달린 채
나에게서 멀어지는 사지를 바라보는
오늘은 여름의 입구

어둠 속에서 그림자들이 일어서고
혀를 빼문 개들이 지나가는 시간

나는 손을 씻으며 오래 생각한다
길고 아름다운 발음을 가진 이름들과
해변으로 떠밀려 온 어떤 여행에 대해,
이전의 이후에 대해

어떤 나라는 너무 멀고
하루는 아직 끝나지 않았지만

젖은 손을 문질러 닦으며 나는,
걸어간다
슬프고 아름다운 발음을 연습하거나
마침내 다다른 해안의 무늬가 되기 위해

두 번 다시 비밀이 되지 않을
어떤 이후에 도착할 때까지

사라진 사람들이 살고 있는 쪽으로
—김선재, 「여름의 이후」(『실천문학』, 2014.가을) 전문

(「그날 이후」, 『목성에서의 하루』, 문학과지성사, 2018)

　우리를 핍박하고 겁박한 자들, 그리하여 우리를 항상적인 두려움에 시달리게 한 자들을 어떻게 할 것인가. 증오하고, 기피하고, 원한을 품어야 할까. 우리는 성인(聖人)이 아닌 까닭에 우리를 공포에 떨게 한 그들을 무조건적으로 사랑할 수는 없을 것 같다. 하지만 동시에 그들에 적대하고 복수할 정도로 힘이 있는 것도 아니다. 절망과 체념과 원한 사이에서 우리는 머뭇대며 계속 헤매고만 있는 것이 아닌가. 그러나 목적지는 비교적 분명해 보이는 것 또한 사실이다.

　시인은 "해변으로 떠밀려 온 어떤 여행"에 대해, "이전의 이후"에 대해 생각한다고 했다. 어떤 여행인지, 이전은 무엇인지 짐작하기 어려운 것은 아니다. 오히려 여기서 중요한 것은 그가 이야기하고, 가닿고자 하는 것이 무엇인가이다. 그것은 "이후"의 세계, "두 번 다시 비밀이 되지 않을/어떤 이후"의 세계이다. 그 목적지에는 필경 투명한 진실이 있고, 증오와 원한 따위는 없을 것이다. "증오를 배우지 않기 위해서,/아름다운 것을 기억하기 위해서"라고 이미 얘기해 두었으니 말이다. 그런데 여기에 덧붙일 것이 있다. 반증오로서 사랑은 정의(正義)를 통한 사랑이어야 하겠다는 것이고, 아름다움의 기억은 과거로 향한 것이 아니라 미래로 향한 것이어야 하겠다는 것이다. 정의를 통해 옳고 그름을 구분하고 거짓을 파괴하는 사랑이어야 과거에 결박된 아름다움이 아닌 우리가 만들 미래에서 생성될 아름다움을 기억할 수 있을 것이기 때문이다. 사랑하는 싸움과 미래를 기억하는 행위가 우리를 "사라진 사람들이 살고 있는 쪽"으로 인도할 것이다.

희고 빛나지만 검게 산화되기 쉬운 것들

어떤 먼 것
어떤 낯선 것
어떤 무서운 것에 속한 아름다움

그것을 위해서는
더 많은 강물과 격랑이 필요하다

이곳은 수심이 깊어 위험하니 출입을 금합니다

돌을 외투 주머니에 채우고
강물 속으로 걸어 들어간 버지니아 울프처럼

말의 원석에서 떨어져 내리는
글자들처럼

식탁 아래 떨어진 빵 부스러기를
끌고 가는 개미처럼

부스러기만으로 배가 부르다고 했던
가난한 가나안 여자처럼

허기 없는 영혼처럼
불꽃 없는 빛처럼

마담 퀴리가 처음으로 추출해 낸

0.1g의 라듐처럼

희고 빛나는 것들

그러나 검게 산화되기 쉬운 것들

—나희덕, 「라듐처럼」(『발견』, 2014.가을) 전문
(『파일명 서정시』, 창비, 2018)

　멀리 있어 낯설지만 오히려 그런 까닭에 우리를 매혹하는 것, 그것을 일러 시인은 "아름다움"이라 한다. 그러나 그 아름다움은 "무서운 것"에 속해 있는 까닭에 우리의 접근을 쉽게 허락하지 않는 것이다. "더 많은 강물과 격랑"이 있어야 비로소 경험할 수 있는 아름다움. 무서움과 격랑은 아름다움을 우리가 익히 알고 있는 것이 아닌 다른 어떤 것으로 만든다. 이는 단순히 아름다움에 치명적인 유혹이나 위험이 있으니 조심하라는 것이 아니다. 오히려 아름다움은 목숨을 건 도약을 감행할 때 비로소 체험할 수 있다는 의미이다. 더 많은 위험을 겪음으로써 일어나는 존재의 변환이 아름다움이 우리에게 주는 선물이라는 뜻으로 새길 수도 있겠다.

　스스로 강물 속으로 걸어 들어가 다시 돌아올 수 없는 곳으로 건너간 버지니아 울프처럼, 말의 원석에서 떨어져 내리는 글자들을 사용하여 새로운 말을 만드는 시인들처럼, 자기 몸의 몇 배나 되는 먹이를 움직여 새로운 삶을 만드는 개미들처럼 한계와 경계를 벗어나는 모험을 감행해야 비로소 존재의 변이를 경험할 수 있다. 이어지는 시행을 통해서 짐작하자면, 이 아름다움을 경험하기 위해서는 가

난이 필수적이며, 최초의 순수한 라듐을 추출해 낼 때처럼 각고의 노력 또한 불가결하다. 그러나 이 아름다움은 위험을 무릅쓰고 가난을 견디는 용기를 통해 비로소 경험할 수 있는 것이지만 라듐처럼 희고 빛나며 동시에 검게 산화되기 쉬운 것이다. 순수한 결정을 추출하기 위해서는 그만큼 공들이고 정성을 다하는 노동이 필수적이지만 그 결정은 금세 사라질 위험에 처한다. 이는 아름다움이 깨어지기 쉬운 것이니 보호가 필요하다는 의미일 수도 있으나 끊임없이 새로이 만들어져야 한다는 의미이기도 하다. 아니, 새로운 생명을 얻으며 재탄생해야 한다는 뜻으로 새기는 것이 좋겠다. 어쩌면 죽음과 탄생을 거치며 끊임없이 부활하는 것이 아름다움이 아닌가. 아름다움을 지키는 것, 그것이 바로 우리의 임무이다.

지성의 비관주의, 의지의 낙관주의

교만한 현실주의는 자주 허무주의에 물든다. 신비로운 지혜가 있을 수 없는 오늘에 뜻밖의 도움을 기대한다는 것이 어처구니없는 일로 여겨질 테니 말이다. 도움을 요청할 데도 마땅치 않고, 도움의 손길을 내미는 이도 좀체 없다. 그러니 철저한 고립 속에서 바닥없는 절망을 겪으며 체념에 빠져드는 것이다.

그러나 중요한 것은 허무와 체념으로부터 우리 자신을 어떻게 단절시키고 분리시킬 것인가 하는 것이다. 패배주의에 굴복하지 않고 악으로 가득한 현실을 어떻게든 문제 삼는 것, 그리하여 폐허와 잔해 위에서 새로운 가능성을 만드는 것, 이것이 우리가 해야 할 일이 아닌가. 살아 있는 동안 우리의 삶을 끊임없이 새로이 해야 하는 것이 살아남은 자의 의무이자 권리이다. 그러나 그것은 어떻게 가능할 것인가. 바디우의 조언을 참조하자면, 그것은 믿음을 통해서, 그리고 그 믿음을 떠받칠 허구를 찾고 만듦을 통해서 가능해진다. 법과 욕망의 대립 너머에서 새로운 진리를 창안하기 위해서는 법에 의해 존재하지 않는 것으로 간주되는 것들을 계속해서 욕망함으로써 그것들의 가능한 위치를 탐색하고 이를 통해 존재하지 않는 것들, 곧 허구의 실재적 가능성을 창조해야 한다는 것이다. 그렇다면 허구의 자리는 어디인가. 이것이 참으로 중요한 물음인데, 그것은 용기의 문제이며 정의와 희망의 문제라는 것이 바디우의 궁극적인 언명이다.(『투사를 위한 철학』)

희망과 용기는 누군가 우리에게 건네는 것이 아니라 그것들이 우리 안에 있다는 믿음에서 싹트기 시작한다. 희망과 용기에 대한 믿음이 우리에게 희망과 용기를 선사하는 것이다. 새로운 빙하기를 건너기 위해서는 희망과 용기가 한층 더 견고해져야 한다. 그 견고함이 어둡고 혼란스러운 세계를 비추는 등불이 될 것이다. 오래전 우리에게 도착한 한 편지에 대해 이제 우리가 응답해야 할 때이다.

자기 자신의 도덕적 힘들의 근원이 자기 안—자기 자신의 활력과 의지, 목적과 수단의 긴밀한 결합—에 있다는 확신을 갖고 결코 좌절하지 말고, 결코 통속적이고 진부한 기분이나 비관주의와 낙관주의에 빠져들지 말아야 한다. (중략) 나의 지성은 비관주의적이지만 나의 의지는 낙관주의적이란다. 어떤 상황이건 나는 모든 장애물들을 극복하는 데 내가 비축해 놓은 의지력을 이끌어 내기 위해 최악의 경우를 염두에 두고 있단다. 나는 절대로 환상을 가지지 않기 때문에 실망하는 일도 없어. 나는 언제나 끝없는 인내심으로 무장되어 왔단다. 그건 수동적이고 활력 없는 인내심이 아니라 끈기 있는 노력과 결합된 참을성이야.

—안토니오 그람시,『감옥에서 보낸 편지』

(2014)

새로운 시와 사유를 창안하라
—장석원, 유병록, 문정희의 시

무엇이 도래해야 하는가

끔찍한 비극에서 슬픔과 분노와 절망을 느끼는 것은 지극히 당연한 일이다. 상상할 수 없는 참혹함 앞에서 인간이 할 수 있는 것이란 아무것도 없었고, 그래서 고통과 울분은 시간이 지날수록 커질 수밖에 없었던 것이다. 아니다, 그게 아니다. 인간의 능력을 벗어난 일이 일어나서가 아니라 인간의 힘으로 막을 수 있는 일이었으므로 그렇다. 아니, 그러해야 했으므로 그렇다. 그러니 고통과 슬픔은 앞으로 영원히 사라지지 않을 것이고, 외상은 우리의 무의식에 깊이 새겨질 것이다.

사건 이전에도 그랬을 테지만 사건 이후에도 시인들은 쓰고 또 썼다. 이제는 억울하게 수장된 이들을 대신하여 썼고, 불행한 부모들과 가족들을 위해 썼고, 무력하고 나약한 자신들과 우리를 꾸짖기 위해 썼다. 이 사건을 단지 사건들 가운데 하나가 되도록 내버려 두지 않기 위해서, 이 사건을 유일한 하나의 사건으로 만들기 위해, 사건화하기 위해서 그리했을 것이다. 그리하여 이것이 망각 속으로 사라지지 않게 하기 위해 그리했을 것이다. 그럼으로써 시인들은 누구도 강요하지 않는 죄를 스스로 떠맡고자 했을 것이다. 물론 그것으로 온전히 무언가가 이루어졌다 할 수는 없으나 그러한 행위를 통해서라도 최소한의 윤리를 실천하고자 함이었을 것이다.

그런데 죽은 자를 위해 기도함으로써 살아남은 자로서 삶을 이어나가고자 하는 희망이 가뭇없이 사라지는 순간이 온다. 결과와 원인은 있으되 그 원인을 떠맡고 책임지는 자가 없으니 영원히 원혼이 달래질 수 없고, 그리하여 영원히 응답받지 못할 무언의 절규가 우리를 괴롭히기 때문이다. 죽은 이들은 아무 말이 없으니, 언표되지 않고 언표될 수 없는 것들이 우리의 귓전을 메아리처럼 떠돈다. 언표되지 않고, 언표될 수 없는 것들을 어떻게 해야 하는가. 그것을 떠맡아 말로, 언어로 만들어야 하지 않는가. 누가 그것을 할 것인가.

희망은 사라지고, 세상의 이치란 그런 것이라는 절망과 체념만이 남았다. 그러나 그럼에도 희망이 필요하다. 희망은 가질 수 있고 없고의 문제가 아니라 새로운 창안의 문제이기 때문이다. 희망은 그 자체가 목적이 아니라 그것을 통해 무엇을 하게끔 만드는 큰 용기의 제공처이다. 블랑쇼의 말처럼 희망은 희망을 주는 것이 아니라 절망으로도 만족하지 못하게 하는 것이다(『문학의 공간』). 우리는 많이 절망하였으나 그것으로 아직 만족할 수 없다. 더 큰 절망이 우리를 광야로 내몰지라도 거기에서 새로운 시작을 감행해야 한다.

비극 속에서, 비극을 겪으며 새로운 문제를 설정하는 것, 이것이 우리가 해야 할 일이다. 세상의 어둠 가운데로 걸어 들어가 그 혼돈 속에서 무력한 사유와 시에 작별을 고하고 새로운 사유와 시를 창안하는 일, 이것이 우리가 해야 할 일이다. 시인들이 시를 쓰며, 사유하는 자들이 그 근저에서부터 물음을 던지며 새로이 문제를 설정하고자 한 것은 절망과 비극을 그대로 버려둘 수 없다는 최소한의 윤리가 그들로 하여금 그렇게 하도록 명령하였기 때문이다.

분노와 애도와 우울의 시간이 지나가고 있다. 눈물을 흘리고 한탄하는 시간은 이제 지나가야 한다. 다른 무언가가 필요한 시간이 오고 있다. 슬픔과 한탄이 아닌, 다른 무언가가 도래하도록 해야 한다.

민중은 사라졌지만 다시 민중이 되어야 한다

아이들이 빨간 비명을 지른다

신체의 액화가 시작된다

시민이 녹아내린다 집단이 사라진다

세계는 수용성이다 액화인간들이 거리에 출렁인다

물이랑에서 백합이 피어난다

물의 주름에서 까마귀가 날아오른다

도관(陶棺)이 지나는 가로(街路)에서 응집하는 아이들의 살코기를 노리는 짐승

리얼리즘 교육: 현실과 역사와 사회의 진리를 가르쳐야 건강해집니다 미와 진의 동시적이고 전면적인 이행이 필요합니다

벽을 넘는 액체 하늘로 번지는 몸

우리의 흩어진 기관들

물방울 하나와 하나를 합하면 그것은 하나의 육체일까요

오토바이와 사냥개 사이에 화살

사라진 오토바이의 주형이 허공에 남아 있다

배기가스 뒤에서 사냥개가 킁킁거린다

세계의 상품 하나가 사라졌다 우리의 신체는 아름다운 상품

인간을 말살하는 정치와 오토바이의 속도와 사냥개의 이빨은 서로 같은 것 다른 몸으로 날아가는 화살 같은 것

우리를 쓰러뜨리는 것은 자본주의가 아니라 망각, 우리의 절망을 정교하게 조직하는 것은 정치가 아니라 정직한 참회

작은 불빛이 되어야 한다는, 민중은 사라졌지만 다시 민중이 되어야 한다는, 허구가 진실이 된 날 아이들이 사라졌다

열린 감옥에서 우리는 무엇을 경험하는가 그곳으로 돌아가야 하는가 비탄의 병동에서 탈출해야 하는가 세계를 폭파할 수 있는가 우리는 절망을 물어뜯고 폭주해야 하는가

화해 불가능하다 번개의 밤이 다가온다 그곳의 우리를 삭제한다—나라를 바로잡고자 혈관에 맥동치는 정의와 불사하는 진리를 견지하기 위해 우리는 선두에 나서야 한다—이것은 거짓이다

우리 중에 죄 없는 자 누구인가 이것을 범속한 각성이라고 부른다 아니다 이것이 아니다 우리는 비명이 되었다 우리는 폐기물

나날의 생활 앞에서 아무것도 할 수 없다 그 누구도 살아남을 수 없다 죽음을 봉인하는 눈물과 배반이 우리를 질식시킨다 오늘의 광화문

에서 우리는 낱낱의 날것에 불과하다 우리는 파쇄물

　몸은 사라졌다 한 번도 있었던 적이 없었다 민중의 신체가 거리에
있었던가 자연만이 우리를 조직했고 우리를 죽게 했고 우리를 태어나
게 했다
　필연의 왕국이 갑자기 종말한다면 우리가 어느 날 민중이 된다면 우
리가 어느 날 거대한 신체가 될 수 있다면 우리가 꺼지지 않는 작은 반
딧불이 되어 어둠을 관통할 수 있다면
　그것을 혁명이라 부를 수 있는가, 가능한 것인가, 진행되는 중인가,
우리는 움직이고 있는가

　사건이 도래했고 우리는 걷다가 사라졌다 다른 것이 될 수 있었지만
우리는 복제를 선택했다 사랑의 노동은 아름답지만 아름다운 일상이
우리를 먹었다
　사냥개가 으르렁거린다 공포는 우리가 만든 검열관이고 우리는 빠
져나갈 수 없고 우리는 금제(禁制)를 껴입고 숨을 쉰다

　떠난 아이들과 우리가 온몸이 될 때까지 우리가 부활하는 날까
지 광장이 열릴 때까지 절망을 지울 때까지 우리는 디퍼런스 엔진
(difference engine)
　불가능하기 때문에 이룰 수 있다 사랑하는 이여 이여(爾汝)여
　　　　　　　　―장석원, 「진노의 날, 오늘」(『포지션』, 2014.겨울) 전문
　　　　　　　　　　　　　　　　　　　　(『리듬』, 파란, 2016)

시대가 겪은 비극을 어떤 시인도 그냥 지나칠 수 없었다. 어떤 시

인은 유령의 목소리를 말하는 영매가 되고자 했고, 어떤 시인은 비극의 증언자가 되고자 했고, 어떤 시인은 분노하고 슬퍼하는 자가 되고자 했다. 상상할 수 없는 일이었기에 시인들 모두 상상할 수 있는 경계의 바깥에 대해, 말할 수 없는 바깥에 대해 말하기 위해서 갖은 고투를 벌였다.

장석원 또한 이 사건에 대해 몇 편의 시를 썼다. 그런데 그는 약간 다른 경로를 밟는다. 분노와 애도와 증오가 아니라 다른 것에 관심을 기울이는 것이다. 그것은 민중을 새로이 만드는 것. 국가의 체계 안에서 제자리와 제 목소리를 허락받음으로써 시민으로서의 권리를 얻는 것은 이미 있는 규율을 따르는 것에 불과한 것이니 과거의 과오를 단순히 반복하는 것과 조금도 다를 바가 없다. 과거의 방식대로 시민권을 얻으려는 투쟁은 기존의 권력과 체계를 그대로 받아들이겠다는 것이 아닌가. 그것으로는 지금 행해지는 죄악을 또다시 반복할 수밖에 없다. 그러니 다른 방법이 필요하다. "민중은 사라졌지만 다시 민중이 되어야 한다"는 말은 이러한 사정을 이르는 말이다. 이전의 민중은 사라졌지만 새로운 민중이 도래해야 한다. 이전과는 다른 민중을 새로이 발명해야 한다. 우리가 그러한 민중이 되어야 한다. "혁명이란 방법부터가 혁명적이어야" 한다고 일갈한 김수영처럼 장석원도 이미 알고 있는 방법을 버리고 새로운 것을 발명하고자 한다. 그래야 혁명이 비로소 시작될 수 있다. 일상을 새로운 혁명으로 이끌고, 미래를 새로이 발명함과 동시에 우리에게 새로운 생명을 부과하는 일이 과제이다. 그리하여 미래를 상속하는 일, 이것이 우리의 일이 되어야 한다. "인간을 말살하는 정치"를 단호히 거부하고, "현실과 역사와 사회의 진리"를 새기며 "미와 진의 동시적이고 전면적인" 실천, 곧 우리 자신에 대한 "리얼리즘 교육"이 21세기의 오늘에 필요하다.

그런데 민중이란 언제나 상호 모순적인 탈을 쓰고 있는 것도 사실이다. 방관자와 증언자와 생산자가 모두 그들의 이름이다. 대개 그들은 자신의 삶에 아무런 위해나 불편이 가해지지 않는 한 방관자로 그치거나 뒤늦게서야 어쩔 수 없이 증언자로 나선다. 손익계산이 중요하지 정의가 중요한 것이 아니기 때문이다. 그러나 우리의 과거는 그들이 역사의 생산자로, 행위자로 전면에 등장한 순간을 기록한 바 있다. 4.19와 1980년 광주와 1987년 6월의 항쟁 들이 그와 같은 것들이다. 억눌리고 버림받은 이들의 봉기로 치면 그 수치는 이보다 훨씬 많아질 것이다. 최소한의 사건들, 그러나 최대한의 변화를 가져온 사건들, 이것이 역사를 바꾸고 우리의 신체와 사유를 바꾼다. 그런 의미에서 이 사건들은 특별한 의미를 지닌다. 그렇다면 우리가 겪은 저 사건들을 현재화하는 방법은 무엇인가. 이전과 이후를 전혀 다른 것으로 만들어 버리는 사건들은 다만 선물처럼 우리에게 주어질 뿐인가.

시인은 "우리를 쓰러뜨리는 것은 자본주의가 아니라 망각"이며 "우리의 절망을 정교하게 조직하는 것은 정치가 아니라 정직한 참회"라 말한다. 자명한 상식과 타성에 젖은 비판에 가하는 사정없는 죽비. 인간과 돈을, 목적과 수단을 전도시키는 자본주의의 탐욕 때문이 아니라 우리의 지나친 망각 때문에, 무력한 정치 때문이 아니라 지나치게 온정적인 우리의 참회 때문에 우리는 침몰하고 파멸하였다는 것이다. 그렇다면 망각과 참회를 버리고 무엇을 할 것인가. 과거와 현재와 절연하고 아직 오지 않은 미래를 이 땅에 어떻게 불러올 것인가.

시인의 말을 따르자면 그 방법은 우리가 새로운 시대에 새로운 민중이 되는 데 있다. 대의제 민주주의를 신뢰하는 한 정치학자는 거리의 민주주의가 아니라 제도적 민주주의를 좀 더 민주화하는 것이, 그리고 '민중에서 시민으로' 존재 변환하는 것이 필요하다고 선언하지만, 제도와 체계 안에 들어 있는 해악과 독소를 이미 간파한 우리 시대 진정한 김수영의 후계자는 억압과 배제의 논리에 기반한 민주주의가 아니라 그 바깥의 무언가로 나아가고자 한다. "꺼지지 않는 작은 반딧불이 되어 어둠을 관통"하여 스스로 "혁명"이 되고자 하는 것, 이것이 그가 궁극적으로 원하는 것이다. "가능한 것인가, 진행되는 중인가, 우리는 움직이고 있는가"라는 물음은 우리의 동참을 강하게 권유한다. "불가능하기 때문에 이룰 수 있"는 사랑의 혁명과 혁명의 사랑은 이제 시작된 것일까. 오로지 사건만이, 우리를 새로이 태어나게 할 사건만이, 그리고 사건을 강인하게 유지하고자 하는 우리의 행동과 실천만이 우리가 민중으로서 주체가 되는 과정을 강제할 것이다.

측량할 수 없는 것은 아무것도 아닙니다

자는 길고 저울은 튼튼합니다

아마도
자는 해발과 수심을 재던 물건이었을 겁니다 저울은 정육점에서 쓰던 물건 같습니다

무엇이든 잴 수 있습니다
악취를 풍기는 구덩이, 머뭇거림이 뛰어내리지 못하는 난간, 분노가

가시지 않은 돌, 톱질의 기억이 앉아 있는 의자……

　자의 일은 높이를 재는 일이고
　무게를 달아야 저울입니다

　불안이 사라져도 키는 달라지지 않습니다 예감이 악몽으로 바뀌어
도 중량은 그대로입니다 고통은 무엇을 더하거나 제하지 못합니다

　나는 무감합니다
　높이가 없는 것을 상상하지 않습니다 무게가 없는 것을 수긍하지 못
합니다

　무엇이든
　자 옆에 세웁니다 저울에 올려놓습니다

　측량할 수 없는 것은
　아무것도 아닙니다 높이와 무게가 있을지 모르지만
　사소한 오차일 뿐입니다
　　　　　　　　　　　─유병록, 「측량사」(『문학과 사회』, 2014.겨울) 전문
　　　　　　　　　　　　　　(『아무 다짐도 하지 않기로 해요』, 창비, 2020)

　측량사의 일은 길이와 높이와 무게를 재는 것이다. 지극히 중립적
이고 객관적인 일, 기술의 영역이기에 누구도 거기에 간섭할 수 없
는 일이다. 정확성과 부정확성의 문제일 뿐, 옳고 그르고의 영역은
아니다. 측량하는 일이란, 전문 기술자의 일이니 우리는 다만 그가

제공하는 정보를 받아들이기만 하면 된다.

그런데 측량사의 일이 단순히 기계적인 것에만 그치지는 않는 것 같다. 왜냐하면 그 일은 단순하고 무미건조한 반복 행위가 아니고, 가치를 부여하는 지성과 판단의 활동이 개입하는 일이기 때문이다. 측량하는 일은 경계를 짓고 나누는 일이기도 한 까닭이다. 경계를 확정하여 이것과 저것을 구분하고 분리하는 일이며, 한계를 설정하여 가능과 불가능을 판정하는 일이다. 경계와 한계를 만드는 것뿐만이 아니라 그것들과 관련된 분쟁을 중재하는 것과도 연관되는 일이다. 그러니 측량하는 일이란 이미 있는 기준을 따르는 일이기도 하면서 새로운 기준을 만드는 일이기도 하겠다. 어떤 의미에서 측량의 일은 문지방에 서 있는 일이라고 할 수도 있지 않을까. 기존의 표준에 가담하는 일과 기존의 표준을 허물고 새로운 표준을 만드는 일 사이.

시인은 측량이 가능한 항목으로 "악취를 풍기는 구덩이, 머뭇거림이 뛰어내리지 못하는 난간, 분노가 가시지 않은 돌, 톱질의 기억이 앉아 있는 의자"를 제시하지만, 문장을 끝맺지 못한 말줄임표가 그 항목에 끝이 있을 수 없음을 암시한다. 사실 이미 제시한 것만으로도 그 의도가 무엇인지는 충분히 드러난다. 부정적인 기운이 충만한 이 항목들은 시인의 촉수가 억눌리고 버림받은 것들로 향해 있음을 충분히 보여 주기 때문이다. 원한과 분노와 증오 같은 것들이 이 항목에 덧붙여질 수 있는 술어들이겠다.

"불안이 사라져도" "예감이 악몽으로 바뀌어도" 이미 있는 고통이 없어질 리 없겠지만 시인은 "무감"한 상태를 유지하기 위해 강인한 인내심을 발휘한다. 어쩌면 그것은 이미 무력감과 허무주의에 길든 표시일 수도 있을까. 시의 배면에 깔려 있는 우울한 분위기는 이

러한 추측을 강하게 한다. 그러나 무엇이든 자와 저울로 측량하고
자 하는 이 측량사는, "측량할 수 없는 것은/아무것도 아닙니다"라
고 선언하는 이 측량사는 아직 완전한 절망에 이른 것 같지는 않다.
모든 것을 측량할 수 있다는, 자신의 소명을 끊임없이 이어 나가겠
다는 발언을 하고 있는 셈이기 때문이다. 성으로 호출되었으나 결국
측량이라는 자신의 일을 한 번도 수행하지 못한 카프카의 측량사와
는 다르게, 그리하여 기존의 완강한 체계와 표준을 역설적으로 드러
내는 카프카의 측량사와는 다르게 유병록의 측량사는 제 소명의 윤
리에 충실한 측량사이다. 어떤 의미에서는 무감함의 표시는 기존의
체계에 대한 소극적이지만 완강한 거부의 표시라고도 할 수 있겠다.
그런 뜻에서 이 측량사의 일은 우리의 내일에 대한 하나의 탐침이
될 수도 있는 것이 아닐까.

　그러니 측량사여, 지치지 말고, 허무와 절망에 흔들리지 말고 계
속해서 측량하라, 측량하라, 측량하라. 그리하여 우리에게 기존의
가치와 체계로부터 벗어날 수 있는 방법을, 새로운 표준을 창안할
용기를 알려 다오.

새로운 생명을 낳기 위하여

　　한 손바닥으로 고통을 들여다보고
　　또 한 손바닥으로 굴욕을 비추어 본다
　　바늘 침대에서 잠이 들고
　　아침에 일어나 외로움을 식사한다
　　홀로 먼 집에 당도할 수 있을까
　　트렁크를 다시 들면

고압선 거미줄

천사라는 이름을 가진 도시에 언제 갈 수 있을까

거기 모래언덕이라는 이름의 모텔에 들어

하룻밤 솨아솨아 모래를 읽고

읽는 것은 혁명

쓰는 것은 아이를 낳을 수 있는 것

떠나고 떠나며

시인 하나를 낳을 수 있을까

—문정희, 「모래언덕」(『시인수첩』, 2014.겨울) 전문

　하루하루를 힘겹게 살아가는 우리의 삶은 "고통"과 "굴욕" 사이 어딘가에 있는 것 같다. '지금, 이곳'의 삶은 고통으로 가득하니 고통이 없고, 고통을 감내해야 하는 굴욕이 없는 삶을 얻는 것을 목표로 삼아야 할까. 그러나 고통이 없는 삶은 어디에도 없다. 고통은 우리의 삶을 좀 더 나은 것으로 만들 수는 없을지라도 좀 더 깊은 것으로 만든다. 삶의 목표가 언제 행복이었던가. 행복을 인간의 궁극적인 목표로 삼는 행복주의자들, 혹은 쾌락주의자들은 고통스러운 삶을 견디면 언젠가는 행복을 얻을 수 있다는 아편을 건네는 이들에 불과하다. 행복을 좇는 자들은 언젠가 행복에 따라잡히고 행복에 정복당한다. 언젠가 지젝이 말한 것처럼, 행복이 진정한 주인들의 것이 아니라 노예들의 것이라고 할 필요까지는 없겠지만, 그럼에도 행복을 인생의 가장 중요한 목표로 삼는 어리석은 행동은 삼가야 한다. 행복은 일시적인 만족감을 주는 감각적 영역의 문제일 뿐 보편의 영역인 정의를 불러올 수 없다.

　시인이 일본의 젊은 저술가 사사키 아타루를 따라 "읽는 것은 혁

명"이라고 한 것은 타인의 삶과 타인의 고통에 자신을 내어놓고 내 맡기겠다는 의지의 표명과 다르지 않다. '나'라는 유아론(唯我論)의 감옥에서 벗어날 수 있는 유일한 방법, 그것은 타인의 삶과 생각을 읽는 것이 아닌가. 오직 그때에만 우리는 독단의 선잠에서 어렴풋이나마 깨어날 수 있는 것이 아닌가. 타인과 만나 그들의 삶과 생각을 함께 나눌 때 비로소 새로운 것이 탄생할 수 있다. 그것의 이름을 변화라 하든, 혁신이라 하든, 혁명이라 하든, 그것은 그다지 중요한 것이 아니다. 읽음의 행위를 통해, 타인과의 만남을 통해, 그리하여 나의 독단을 깨뜨려 버림을 통해 새로운 것이 발생한다는 것이 중요하다. 이러한 깨침을 통해 인간의 역사가 조금씩이나마 진전해 왔음을 덧붙일 필요조차 없겠다.

시인은 여기에 자신의 새로운 깨침을 덧붙인다. 읽는 것이 혁명을 가능하게 한다면, "쓰는 것은 아이를 낳을 수 있는 것"이라는 깨침. 왜 그렇지 않겠는가. 사유한다는 것이 새로운 개념을 만드는 것이고 새로운 생각과 생명을 잉태하는 것이라면, 쓴다는 행위는 잉태된 생각과 생명을 출산하는 행위이기 때문이다. 그러니 쓴다는 것은 새로운 탄생을 가능하게 하는 최초의 행위인 것이다.

새로운 대지로 떠나는 탐험을 위하여

시와 사유는 폐기 처분되어 무대의 전면에서 쫓겨난 지 오래이다. 제 이름과 제 장소를 빼앗긴 채 사막에서 유형을 이어 나가는 것 말고는 아무것도 남지 않은 것이다. 그러나 오래전 스스로 사막으로 유배를 떠난 시인이 있지 않았던가. 파리 코뮌을 유일하게 찬양하면서도 모더니즘의 미학을 이끈 랭보(스테판 욘손, 『대중의 역사』). 어쩌면 미래를 상속해야 할 우리의 임무는, 시학과 정치학과 혁명을 결합해야 할 우리의 과제는 그의 행보에서 이정표를 얻을 수 있지 않을까.

해는 저물었고 갈 길은 멀다. 오늘은 다만 그가 남긴 편지의 일부를 옮기는 것으로 그 섬광의 흔적을 기록해 두고자 한다. 날이 밝으면 새로운 탐험을 떠나야 할 것이다. 시와 사유의 새로운 대지를 찾는 탐험을.

시인은 길고, 끝이 없고, 체계적으로 이뤄지는, 모든 감각과 모든 형태의 사랑과 고통과 광기의 해체를 통해 자신을 예언자(몽상가)로 만든다.

―Paul Demeny에게 보낸 편지 가운데서

(2015)

고통과 함께, 고통을 넘어 시 쓰기 혹은 사유하기
―하재연, 이제니, 신영배의 시

> 우리는 충분히 깨어 있지 못하다.
> 깨어 있음 그 너머에서 깨어 있어야 한다.
> ―블랑쇼, 『카오스의 글쓰기』

태초에 고통이 있었다

고통은 필수 불가결하다. 고통 없이 이 세상의 삶을 허락받을 수도, 이 세상을 건너갈 수도 없기 때문이다. 태어나면서부터 고통이 있었고, 산다는 것 자체가 고통 아닌 것이 없지 않은가. 탯줄이 끊기며 비로소 생명을 얻게 되는 것이니, 언어를 배워 언어 속으로 태어나며 비로소 사회적 인간으로 재탄생하는 것이니 분리와 분열이 인간으로서 삶의 바탕에 기록되어 있음은 부정할 수 없다. 태어나면서부터 찢기고, 끊임없이 찢기는 영혼, 그것이 인간의 이름이다.

고통은 끊임없이 우리로 하여금 사유하게 한다. 사유는 고통 속에서 자라는 것이다. 편안하고 즐거울 때가 아니라 고통을 느낄 때 비로소 사유는 시작된다. 그러나 사유는 곧 의미라는 그물을 통해 고통을 움켜잡는다. 고통은 이해될 수 있는 범위 내로 고정되고, 또 다른 것으로 대체됨으로써 지워지고 은폐된다. 길들여질 수 없는 것을 길들이는 것, 이것이 결국 사유의 일이다.

그런데 그럼에도 사라지지 않는 고통이 있다. 해석되지 않고 이해되지 않고, 해석과 의미에 저항하며 끝끝내 그 외부에 남아 있는 것, 그래서 우리를 계속해서 깨어 있게 만드는 것. 지금까지와는 다른 고통, 그래서 절대적인 고통. 해석될 수 없고 이해될 수 없는 것이 우리를 잠들지 못하게 하고, 깨어 있게 한다. 이런 깨어 있음, 고통 때문에 깨어 있을 수밖에 없음, 이것이 우리가 경험하는 근원적인 사태가 아닌가. 고통은 다하지 않을 것이다. 고통은 영원히 지속될 것이다. 그렇다면 어떻게 해야 하는가.

고통에 대해 생각하게 된 것은, 문학이 애초부터 고통에 대한 민감한 반응으로부터 시작되는 것이기도 하지만 우리 시대가 그 어떤 때보다도 고통의 시대이기 때문이다. 해석되지 않고, 처리되지 않는 끔찍함 그 자체가 계속해서 우리 곁에 머무르고 있기 때문이다. 그리하여 우리를 끊임없이 깨어 있게 하기 때문이다. 과연 끔찍한 고통 그다음에도 깨어 있을 수 있는가. 고통을 고통 그 자체로 대면할 수 있는가. 고통의 진실을 마주할 수 있는가.

내게 주어진 고통의 질량이 있다면 얼마입니까?

없는 단어처럼
너는 네 몸을 찡그리고 나에게 말을 걸고 있다
더 이상 가능하지 않을 때까지

나의 말은 네가 닿은 시간의 뒤편에서 여러 번
갈라질 거야

이토록 개인적인 음성을 발견한 적이
왜 나는 한 번도 없었던 것일까

내게 주어진 고통의 질량이 있다면
얼마입니까? 몇 시간 분입니까?
그것을 환산하여 바벨의 높이까지 쌓아 올린다면

당신이 나의 시간을 산 것처럼
나는 이웃의 목소리를 되팔 수 있는가
나의 이웃은 나의 옆에서 살아갈 수 있는가

그러므로 옆이란 무엇인지
내가 아는 모든 옆얼굴들의 구체성을 생각하면서

그러나 무섭도록
시간이 남아 있지 않습니까

내 눈이 읽는 무색무취한 표정들
모두에게 해독되는 이상한 모스 부호들
나는 끝나지 않는 시간의 끝을 기다리며

가시옷을 뜨듯이
떠오르는 얼굴의 표정들을 하 나 하 나 세어 가고 있었다

슬픔의 색깔이 백지에 스며들 때까지

영원이라는 글자가 맞추어질 때까지

햇빛이 스며드는 물의
그림자에 천천히 가려지면서
　　　　—하재연, 「물의 바다」(『현대시학』, 2015.4) 전문
　　　　　　　　　　(『우주적인 안녕』, 문학과지성사, 2019)

　사건은 우리의 감성과 지성을 송두리째 흔들고 바꾸어 놓았으니 도저히 전과 같이 느끼고 생각할 수는 없는 일이다. 몸과 생각이 바뀌었으니 몸과 생각이 받아들이는 세상이 그대로일 수 없는 것 또한 당연하다. 사건이 몸과 생각을 바꾸고 바뀐 몸과 생각이 세상을 바꾼다. 그다음에 바뀔 것은 무엇인가.

　누구보다도 예민한 감성과 정신의 소유자인 시인의 말을 듣다 보면 재앙이 가져온 고통의 무게는 좀처럼 벗어날 수 없을 것 같다. 죽은 이들의 억울함을 전하는 시인의 말이 이러하다. "너는 네 몸을 찢 그리고 나에게 말을 걸고 있다/더 이상 가능하지 않을 때까지". 너는 수단과 방법을 가리지 않고 나에게 말을 건네고, 나도 그에 응답하고자 하지만 발신과 수신은 영원히 어긋난다. "나의 말은 네가 닿은 시간의 뒤편에서 여러 번/갈라질 거야". 어긋남은, 만날 수 없음은 유한한 인간의 어쩔 수 없는 숙명이라고 해야 할까. 그러나 이 고통은 우리가 마주해야 하는 숙명보다 더 큰 것 같다.

　죽은 이들의 그다음은 알 수 없으므로 살아남은 자들의 지금과 다음에 대해 말할 수밖에 없다. 시인은 이제 살아남은 자로서 말을 전한다. "내게 주어진 고통의 질량이 있다면/얼마입니까? 몇 시간 분입니까?" 무엇을 잘못했기 때문이 아니라 살아 있다는 것이 부끄

러워져 이런 말을 할 수밖에 없었을 터이다. 프리모 레비가 암송하는 저 『신곡』의 한 구절, "그대들이 타고난 본성을 가늠하시오. 짐승으로 살고자 태어나지 않았고 오히려 덕과 지혜를 따르기 위함이라오."를 연상케 하는, "나의 이웃은 나의 옆에서 살아갈 수 있는가"라는 물음은 가까스로 입 밖에 내놓는 말이겠지만 여기에는 강력한 윤리적 실천이 담겨 있다. 자신의 자리를 내놓으며 이웃과 함께 있을 수 있는 방안에 대한 깊은 고민이 담겨 있기 때문이다. 물론 우리가 할 수 있는 것이 그다지 많지 않다는 자각에서 오는 무능력의 깨침이 뒤따를 수밖에 없겠으나 그럼에도 타인의 말에 귀 기울이는 것은 중요한 행동이 아닌가. "떠오르는 얼굴의 표정들을" 놓치지 않고 담으려는 시인의 고투는 그다음의 실천이 무엇이 되어야 하는지를 우리에게 엄중하게 묻고 있다.

소년의 오래된 미래를 찾아서

소년이라고 부르면 소년이 보인다. 어떤 소년에서 한 소년으로 움직인다. 세상 끝으로 떠도는. 아버지를 갖지 못한. 꽃도 피어나는. 불도 피우는. 자신의 숨은 광기를 걱정하는. 웃어야 할 때 웃을 줄 모르고 울어야 할 때 울지 못했던. 시들어 버린 얼굴 위로 석양이 지고 있었다. 순간에서 영원으로 사라지고 있었다. 물러날 수 없는 순간이라는 것을 알면서도 한발 물러나고 있었다. 비유를 잃어버린 이유에 대해서 생각했다. 마음이란 어디에 있는 것인지 알 수 없었다. 다른 어딘가를 바란 적이 없는데도 언제나 여기가 아닌 다른 곳에 와 있다. 도처에 도사린 어제의 구름. 물보다 묽은 오늘의 묵음. 들판에 홀로 서 있는 기분으로. 아무것도 필요하지 않다고 말하면서 무언가 가득 채워지기를 바라는 두 손으로. 내가 살았던 곳에는 내가 없었다. 내가 사랑했던 것에는 네가 없었다. 소년은 소년에게서 벗어나고 싶다라고 쓴다. 벗어나길 바라는 순간 벗어나고 싶은 울타리도 하나 생긴다라고 쓴다. 울타리 밖에서부터 기억이 돌아오고 있었다. 무감함으로 무장한 날들이 흘러들고 있었다. 이제부터는 착란의 찬란한 소리 없는 소용돌이 속이다. 톱니와 톱니가 맞물려 돌아가는 소리. 세계가 쉬지 않고 달려가는 그림자. 죽거나 늙거나 마지막은 마찬가지라면. 잊거나 믿거나 닿을 수 없는 것은 마찬가지라면. 천상의 음악이 흘러도 좋을 것이다. 낮게 낮게 나는 천사가 날개를 펼쳐도 좋을 것이다. 단단한 벽 너머로 창이 열려도 좋을 것이다. 손과 발로 박자를 맞추고 싶은 순간도 올 것이다. 다시 제대로 웃거나 다시 제대로 울 수 있는 장면도 있을 것이다. 어깨 위로 가만히 내려앉는 다정한 손도 있을 것이다. 어둠 없이 잠드는 밤도 있을 것이다. 서러움 없이 말하는 입도 있을 것이다. 소년은 중심으로 중심으로 가고 있었다. 중심은 더 더 깊이 가고 있었다. 기어이 미래로 돌아갈 겁니다. 기어이 그곳에 도착할 겁니다. 대화는 쳇바퀴처럼 맴돈다. 꽃은 꿈으로 피었다 진다. 꿈은 망각으로 완성된다. 깊어지다 어두워지는 것은 말할 수 없는 것. 말할 수 없이 어두워지는 것은 깊어지는 것. 소년은 자라 소년이었던 소년이 된다. 소년이었던 소년의 오래된 미래가 된다. 어떤 소년에서 한 소년으로 돌아간다.

—이제니, 「소년은 자라 소년이었던 소년이 된다」
(『문학과 사회』, 2015.봄) 전문
(『그리하여 흘려 쓴 것들』, 문학과지성사, 2019)

　이것을 한 소년의 성장 과정이라 할 수 있을까. 한 소년이 자라 "소년이었던 소년의 오래된 미래가 된다"고 하였으니 이런 추측이 전혀 불가능할 것도 아니겠다. 하지만 소년의 변화 과정에 어떤 논리적 인과 관계도, 어떤 시간적 선후 관계도 보이지 않으니 이것이 우리가 예상하는 한 인간의 육체적인 성장 과정과 같지는 않겠다.

소년에 대한 이야기를 하고 있으니 소년으로부터 시작하자. 소년의 변화 과정은 어떤 결핍에서 시작된 것 같고, 또 무언가를 찾아 떠나는 여행의 구조를 띠고 있는 것 같다. 정해지지 않은 소년에서 구체적이고 규정된 한 소년으로 변화하는 과정에서("어떤 소년에서 한 소년으로 움직인다") 처음으로 맞이하는 것이 "세상 끝으로 떠도는" 편력이기 때문이다. 아버지도 없고, "자신의 숨은 광기를 걱정하는" 이편력의 과정은 어디로 귀결되거나 고착되는 과정이 아니다. 어느 하나의 비유로 고정되어 해석됨으로써 안정적인 의미를 지니는 은유의 구조가 아니니, 그러한 은유적 사고로부터 계속해서 벗어나는 것이 어쩌면 이 시의 전략인지도 모르겠다. 아니 그것이 어떤 의미에서는 소년의, 인간의 성장 과정, 혹은 변화 과정이라고도 할 수 있지 않을까. 어떤 기호에 부착되지 않고 끊임없이 미끄러지고 떠돌아다니는 이미지처럼 말이다.

그렇다면 이미지에 대해 이야기해 보는 것도 나쁘지는 않겠다. 이미지야말로 고정된 실체 없이 시간과 공간의 변화에 따라 끊임없이 변화하는 것이 아닌가. "다른 어딘가를 바란 적이 없는데도 언제나 여기가 아닌 다른 곳에 와 있다"는 시인의 말은 시간과 공간의 제약을 받지 않는 어떤 것에 대한 진술이니 이것을 이미지의 연쇄 작용이라 해도 될 것 같다. 이미지는 끊임없이 변화하고 끊임없이 현재의 상태로부터 벗어난다. 그런데 변화무쌍한 이미지로도 가려지지 않는 소년의 슬픔과 우울이 드러나는 부분에 이르면 이 시가 단순히 아름다웠던 유년 시절에 대한 추억이나 무언가를 찾아 떠나는 소년의 희망에 들뜬 여행기와 전혀 다른 것임을 알게 된다.

"아무것도 필요하지 않다고 말하면서 무언가 가득 채워지기를 바라는 두 손"은 좌절된 욕망에 대한 냉정한 진술이다. 관심과 사랑을 갈구하던 어린아이의 간절한 소망은 달성되지 못했다. "내가 살았던 곳에는 내가 없었"고 "내가 사랑했던 것에는 네가 없었다"는 표현은 그러한 정황을 드러내기에 충분하다. 그러니 "소년은 소년에게서 벗어나고 싶다"는 말은 뼈아픈 과거와 절연하고픈 희망의 표현이라 할 수도 있을 것 같다. 그렇다면 이것은 음울한 유년 시절을 바꾸려는 과정이라 해야 할까.

말과 말의 연쇄가, 그 연쇄가 만드는 리듬의 연속이 만드는 경쾌함이 근원을 알 수 없는 음울함으로 뒤덮이는 것은 "어둠 없이 잠드는 밤"과 "서러움 없이 말하는 입"이라는 구절과 겹치면서이다. 물론 즐겁고 기쁜 순간이 없지 않았을 터이나 존재의 근원적 사태는 고통이나 우울과 같은 것이 아니냐고 이 구절들은 말하는 듯하다. 반복과 변주로 이루어진 이 시의 마지막 부분은 소년이 결국 도달하고자 하는 곳이, 돌아가고자 하는 곳이 어디인지를 말한다. 그것은 과거의 회복을 통한 미래의 선취로 표현할 수 있겠다. 이미 지나온 과거는 결코 바뀔 수 없는 것이지만 끊임없는 재사유와 재해석의 작업을 통해 변화가 가능한 것이다. "소년은 자라 소년이었던 소년이 된다. 소년이었던 소년의 오래된 미래가 된다."라는 매력적이면서도 갈피를 잡을 수 없는 구절은, 미래였던 과거로 돌아감으로써 새로운 변화와 창안을 만들어 내고자 하는 의도의 표현이다.

새로운 창안은 언제나 전례가 없는 것이며 어떠한 확실성도 없는 것이다. 그런 까닭에 소란과 불안과 혼란을 내포한다. 그렇지만 확실성이 사라진 곳에서 새로운 가능성이 자란다. 과거를 바꿈으로써 현재를 바꾸고, 미래를 경유하여 과거를 상속받는 것, 이것이 근본적인 변화를 만들기 위한 방법이 될 수 있지 않을까.

어느 날 쓴다는 것은

쓴다
어느 날 쓴다는 것은 일어서는 것
바닥 같은 단어를 짚고
벽 너머의 풍경엔
사람들이 서 있고 죽은 새 떼들
어느 날 쓴다는 것은 어깨를 조금 기울이는 것
고개 숙인 사람들 옆에서 옆이 되기를
어느 날 쓴다는 것은 동굴을 지나가는 것
죽은 새 떼들을 관처럼 나르며
주머니 속 단어를 가만히 만진다
어느 날 쓴다는 것은 온몸이 구겨지는 것
무너진 사람들 옆에서
가볍고 가벼운 종이 한 장으로
어느 날 쓴다는 것은 보이지 않는 꽃을 더듬는 것
어느 날 쓴다는 것은 햇빛에 눈을 찡그리는 것
하늘로 날아가는 물빛
눈부신 새들의 단어를 가만히 읊조린다
어느 날 쓴다는 것은

　　　　　　　　　　　　—신영배, 「어느 날」(『시인수첩』, 2015.봄) 전문
(「어느 날 쓴다는 것은」, 『그 숲에서 당신을 만날까』, 문학과지성사, 2017)

쓴다는 것은 무엇인가. 그것은 멀리, 따로 떨어져 있는 나와 너를 연결하는 행위이다. 이곳에 있는 나의 이야기를 저곳에 있는 너에게 전달하고, 저곳에 있는 너의 이야기를 이곳에 있는 나에게 전달함으로써 둘을 만나게 하는 것이다. 이곳에서 저곳으로 향하고, 저곳에서 이곳으로 향함으로써 서로 다른 방향으로 운동하는 에너지가 겹치도록 하는 것이다. 그런 기운의 교차와 교섭이 새로운 기운을 생산한다.

시인은 쓴다는 행위에서 절망과 고통과 재앙을 넘어설 수 있는 용기를 발견한다("쓴다는 것은 일어서는 것/바닥 같은 단어를 짚고"). 그러나 심연과도 같은 바닥에서부터 시작되는 이 쓰기는 얼마나 큰 고통에서 비롯한 것인가. 예고도 없이 갑작스레 엄습했을 이 끔찍함은 무엇도 허락하지 않았을 터이기 때문이다.

말을 허락하지 않는 고통 속에서 자신의 존재를 증명할 수 있는 유일한 방법이 시 쓰기이므로 그랬던 것일까. "주머니 속 단어"를 만지는 것 말고 별다른 선택이 없는 시인에게 언어를 사용하여 시를 만드는 일은 새로운 창안과도 맞먹는 일이다. 이미 있는 규칙과 체계를 따를 수밖에 없으나 거기에 균열을 낼 수 있는 유일한 방법도 쓰기밖에 없기 때문이다.

쓴다는 행위는 자신을 구원하는 것이기도 하지만 타인과 함께 있음을 깨치게 해 주는 것이기도 하다. 죽음의 기운만이 가득한 '지금, 이곳'에서 쓰기란 죽은 자들과 죽어 가는 자들과 함께 머무른다는 의미이기도 하기 때문이다. 그들의 "옆에서 옆이 되기"를 실행하는 것, 그리하여 홀로 있음이 아니라 그들과 함께 있음이 시인의 존재 방식이라는 것, 이것이 시인이 이야기하고자 하는 것이다. 그래서 쓴다는 것은 "온몸이 구겨지는 것"이며, 그럼으로써 타인에게 자신의 자리를 열어 두어 그들과 더불어 있고자 함이다.

쓴다는 행위는 곧 읽는 행위이며 그 역도 마찬가지이다. 쓴다는 것은 읽는다는 것을 이미 전제하는 것이고, 그래서 타자를 읽는 행위이다. 내 안에 침투해 있는 타자를 깨치고, 나의 밖에 있는 타자를 이해하는 과정이 바로 쓰기인 까닭이다. 지혜를 사랑하는 자로서 시인은 쓴다는 것이 "동굴을 지나가는 것"이라고도 말한다. 동굴 밖 밝은 빛을 경험하고 다시 동굴 속 어둠 속으로 돌아가는 철인(哲人)의 길을 시인도 따르고자 하는 것이다. 그것은 어둠에 속박된 어리석은 이들을 계몽하기 위해서가 아니라 그들과 함께 어둠을 바꾸기 위해서이다. 밝음은 어둠 속에서만 비로소 의미를 지닐 수 있다. 자신의 눈을 찌름으로써 깊은 어둠 속으로 빠져들기를 감행한 오이디푸스처럼 지혜를 얻고자 하는 자는 뼈아픈 고통과 슬픔을 짊어질 희망을 지녀야 한다. 오직 그때에만 고통과 슬픔을 넘어설 수 있는 용기를 얻을 수 있다. 시인이 실천하고자 하는 바가 바로 이와 같은 것이 아닌가. (2015)

제2부

새로운 시대와 시를 위하여
―황인찬과 송승언의 시를 통해 유추해 본 2010년대 시의 한 양상

절망 없이 희망 없고, 고통 없이 행복 없다

지난 십 년 동안 많은 일이 있었다. 멀리는 용산이 있었고, 가까이는 세월호가 있었다. 용산 참사를 겪으며 국가의 공권력이 불법적인 폭력일 수 있음을 알았고, 세월호를 겪으며 국가가 국민을 보호하지 않을 뿐 아니라 심지어 죽게 내버려 둘 수 있음을 알았다. 거기에 물대포로 농민을 죽음에 이르게 하는 일까지 있었으니 국가란 무엇인가를 묻는 것은 당연한 일이었다. 2016년 늦가을부터 광화문에서, 아니 전국의 광장에서 "이게 나라냐"라고 물은 분노의 연원이 깊고 오랜 것이었다. 물론 그 뿌리를 훨씬 더 깊은 곳에서 찾을 수도 있겠지만, 국가가 무엇인지, 공적인 것으로서 국가가 무엇인지, 그리고 우리가 살고 있으며 또 만들어 나갈 공동체가 무엇인지 묻는 것, 이것이 지난 십 년간의 경험이 우리에게 강제한 물음이었다.

나락 없는 절망과 좌절을 겪기도 하고, 고통과 슬픔에 숨죽이며 눈물을 흘리기도 했지만, 그럼에도 우리는 희망을 위한 필요조건이

절망이고, 행복에는 고통이 따를 수밖에 없다는 삶의 진리를 믿으며 보이지 않는 출구를 향해 걸어왔다. 좌절과 절망과 분노의 끝에 촛불의 씨앗이 발아한 것은 그야말로 기적과도 같은 일이었다. 더구나 발아한 촛불이 마침내 꽃을 피우기 시작하였으니 진흙 속에서 핀 꽃이라 해도 지나친 말이 아니다. 촛불 혁명의 의미에 대해서, 시민적 저항과 분노의 작동 방식과 그 의미에 대해서 앞으로 논해야 할 것이 많을 터이다. 그 다채로움을 아직 다 알 수는 없으나 다시는 그 불꽃이 사그라들지 않도록 하는 것, 그것이 우리의 의무가 될 것이다.

지난 연대의 시에 대한 회고

짧지 않은 기간 동안 시는 어떻게 변하였는가. 2000년대의 시는 2005년 무렵 분기하는 시적 경향에 대해 다양한 비평적 명명이 가해지던 시점을 경계로 새로운 흐름을 만들어 내기에 이르렀다. 물론 이러한 경향의 시와 시인들이 그전에 전혀 존재하지 않은 것은 아니었으나 새로이 호명됨으로써 비로소 존재의 의의와 가치를 얻게 되었던 것이다. 기억을 떠올려 보면 그들을 부르는 이름은 미래파, 다른 서정, 외계의 문법, 새로운 감각, 뉴 웨이브 등이었다. 다양한 명명만큼이나 다양한 시적 경향이어서 일반화하기 힘들지만 최소한 공통되는 특성은 타자(他者)를 시 안으로 끌어들이고자 한다는 점이다. 이러한 경향이 전혀 새로운 것은 아니었다. 그러나 전통적인 시 문법 안에서 타자란 자기의 연장이나 확장에 불과한 것이었다. 자연이나 고향 혹은 도시의 일상 등 그들의 중요한 시적 소재들은 시인의 바깥에 있는 것들이지만 시인이 적극적으로 받아들인, 그리하여 결국 시인에 의해 시인 자신의 것으로 동일화한 것들이었기 때문이다.

생각해 보면 근대적 주체에 대한 비판적 담론이 그 무렵의 시에 중요한 영향을 끼쳤다고 할 수 있다. 사실보다는 환상이, 진술이나 묘사보다는 중얼거림이, 집중보다는 분산이, 하나의 목소리보다는 다양한 목소리가 이들 시의 주요한 시적 전략인 것을 감안해 보면 탈근대적 사유가 시인들의 무의식에 작용하고 있었음이 어렵지 않게 짐작되기 때문이다. 황병승으로 대표되는 퀴어적 상상력, 김행숙의 귀신 들린 언어, 장석원의 다성적인 목소리, 이장욱의 비서정적인 언어가 이러한 특성을 잘 대변한다.

짧은 황금기를 뒤로한 채 우리는 이내 전혀 다른 지형 위에서 예상치 못한 변화를 강요받았다. 표현의 자유가 절정에 달한 순간 오히려 그 자유가 곤경에 처하게 되었기 때문이다. 2009년의 용산으로부터 2014년의 세월호까지 이어지는 시기가 극단의 연속이었다. 통치의 부당함이 극단에 이르렀던 까닭에 우리의 시인들도 대개는 숨죽일 수밖에 없었다. 국가가 곧 끔찍한 폭력이었기 때문이다. 그럼에도 용기 있는 이들은 계속해서 시를 쓰고 소설을 썼다. 이영광은 억울한 죽음을 당했으나 원통함 때문에 제대로 죽을 수조차 없어 유령으로 떠도는 이들의 목소리를 듣고자 했고(『아픈 천국』), 송경동은 새로운 희망을 만들고자 했으며(『나는 한국인이 아니다』), 한강은 2014년의 세월호가 곧 1980년의 광주였음을 증명하였다(『소년이 온다』). 장례를 제대로 치르지 못해 우리의 삶은 매일이 장례식이었고, 그런 까닭에 우리의 절망과 분노는 좀체 가라앉을 수 없었다. 나중에 역사가는 아마도 2000년대 말부터 2010년대 중반까지를 가장 암울한 시기였다고 기록할지 모른다.

2010년대 시의 흐름은 대체로 소극적이고 조심스러운 목소리가 주류를 이루는 것으로 보인다. 지난 연대의 시가 분출하는 열기로 활기에 찼던 것과는 사뭇 다른 모습이다. 여기에 정치적·사회적 압력이 개입한다. 십여 년 전 활발했던 시단에는 어떤 의미에서 정치적 무의식이 있었다. 절차적 민주주의가 완성된 듯 보이는 데서 오는 정치적 조건에 대한 무관심 같은 것 말이다. 민주주의와 자유주의가 절정에 있었던 만큼 정치 같은 것은, 사회적인 문제 같은 것은 그쪽의 전문가들에게 맡겨 버려도 된다는 생각이 작용했을 수도 있겠다. 그러나 그러한 생각이 무척이나 안이한 것이었음은 그 후의 과정이 증명해 주는 바이다. 물론 2000년대의 시를 일상의 정치학, 혹은 삶의 정치학으로 읽을 여지도 있음을 감안해야 할 것이다. 2000년대의 시인들이 타자와의 만남을 시적으로 형상화하며 자기 나름의 정치학을 실천했다고 할 수 있기 때문이다.

2010년대의 시는 다소간의 변화가 있었다. 어떤 평론가는 충분히 대의되지 못하고 있거나 아예 대의 구조 바깥에 버려져 있는 감응의 구조를 재현하기를 기대했고(신형철), 또 어떤 평론가는 작은 것들의 정치성을 발견하며 새로운 실험을 읽어 내고자 했으며(양경언), 또 다른 평론가는 몰락하는 중간계급의 무기력과 무능감을 지적하였다(박상수). 급변하는 흐름 속에서 2010년대의 시적 경향과 특성을 진단하기에는 나의 능력이 부족하다. 다만 새로운 흐름을 만들고 있는 것으로 생각되는 두 명의 시인을 통해 변화의 추이를 살펴본다.

무심함과 냉소와 열정—황인찬과 송승언의 시에 대하여

놀라운 절제미와 균형미를 지닌 시를 써 온 황인찬은 등단할 무렵부터 이미 큰 관심의 대상이었다. 첫 시집 『구관조 씻기기』(민음사, 2012)에는 묘한 단절과 비약이 있었는데, 그것은 시인이 대상과 만드는 거리에서, 그리고 시인이 빚어낸 문장과 문장 사이에서 자주 발생하는 것으로, 의미의 통합을 지연시키고 익히 알고 있던 것들을 낯설게 만들었다. 묘한 어긋남과 빗나감 속에서 생성되는 긴장감이 그의 시에 생동감을 불어넣은 것이다.

담담한 듯하지만 어딘가 냉소적인 어조와 세계관이 황인찬의 시 세계를 지배한다. 아마도 시인이 되기까지 오랜 수업 기간이 그에게 대상과 미학적 거리를 스스로 터득하게 했을 것이다. 그런데 주목할 점은 실존적 고독과 근원적 고통이 그의 시학에서 중요하게 작동한다는 점이다. 상처와 고통에 뿌리내리지 않은 삶과 문학이 어디 있으랴만, 도처에서 마주하게 되는 죽음의 이미지와 근원적 단절의 분위기는 그의 시를 좀 더 세심하게 읽도록 한다. 겉으로 잘 마름질된 모양새와 그 이면의 어두운 감각이 한데 휩쓸려, 곰곰이 생각해 보지 않고서는 무얼 말하고자 했는지 좀체 갈피 잡을 수 없기 때문이다. 한 편의 작품을 탄생하게 하는 무의식은 고통과 상처에 크게 기대고 있지만 드러난 외면은 매끈한 까닭에 이면에서 작동하는 에너지의 흐름에 관심을 기울이지 않으면 이 둘의 갈등과 투쟁에 대해서도 눈을 감을 가능성이 크다. 근사하게 조각된 작품을 감상하다 보면 재료에 대해서 물을 여유도 없고, 완성에 이르기까지 공들이고 정성을 다한 예술가의 노동에 대한 공감에도 이를 수 없는 것과 마찬가지다.

조숙한 시인은 "무서운 일이 벌어지고 있다는 것"을 이미 오래전부터 알아챘을 수도(「예언자」), 어린 시절 친구의 죽음으로 삶의 진실을 깨달았을 수도 있겠다(「여름 이후」). "식물이 식물의 속도로 나아가고 있을 때/내일이 오지 않으리라는 것을 나는 직감했다"고 말하는 것을 보면(「속도전」) 삶의 어둠에 대해 생래적으로 예민하게 반응하고 있었음에 틀림없다. 시인의 말대로 "돌이킬 수 없다는 건 돌아갈 수 없다는 뜻"이지만(「면역」) 그럼에도 지나간 것을 되돌아보는 것은 살아남은 자의 숙명인 까닭에 우리는 지나온 곳을 다시 찾는다. 그곳을 기원이라 할 수 있을 것이다. "기원은 내게 잘못된 일은 없다고 말해 주었다"고 시인은 말하지만(「개종」) 시인의 말을 온전히 믿을 수는 없다. 아마도 시인은 다양한 방법을 통해 자신의 삶과 자신의 문학적 기원을 묻고자 했을 것이다.

두 번째 시집 『희지의 세계』(민음사, 2015)에서도 이러한 사정은 크게 다르지 않다. 홀로 있음의 고독과 쓸쓸함이 배경을 장식하는 가운데 담담하고 냉소적인 어조는 계속된다. 이러한 특징이 두드러지는 표제시의 일부를 옮긴다.

초원의 고요가 초원의 어둠을 두드릴 때마다
양들은 아무 일 없어도 메메메 운다

풍경이 흔들리는 밤이 올 때
목양견 미주는 희지의 하얀 배 위에 머리를 누인다

식탁 위에는 먹다 남은
익힌 콩과 말린 고기가 조용히 잠들어 있다

이것은 희지의 세계다

희지는 혼자 산다

—「희지의 세계」 부분

목양견과 양들과 함께 일상을 보내는 양치기 소년 혹은 소녀의 이야기를 들려주는 위의 시는 언뜻 보기에 어느 시골의 평온한 한때를 묘사하는 것 같다. 그러나 겉으로 드러난 평화로운 모습과 달리 이면에는 그것과 어울릴 듯 어울리지 않는 것들이 있다. 우선 국적 불명의 최소한의 배경이 눈에 띈다. 양을 몰고 다니며 양을 치는 풍경은 어딘가 이국적인 기운이 감돈다. 그리고 양 치는 인물의 중성성. 이는 젠더적 편견에 오염된 독해일 수도 있겠으나 양 치는 이의 성별에 대한 묘사가 은폐되어 묘한 중성적인 태도를 내포하는 것이다. 그리고 이름이 지니는 묘한 중의성. "희지"라는 이름은 단지 고유명사일 수도 있겠으나 어떤 면에서는 희미한 앎, 앎의 행위가 지니는 근본적인 한계에 대한 진단이 있는 것처럼 여겨지기도 한다.

이 시에는 어느 하나의 의미로 환원될 수 없는 미결정의 요소가 산재해 있어 끊임없이 다시 읽기를 강요한다. 이러한 불확정성에서 비롯하는 다양성은 마지막 구절 "희지는 혼자 산다"에서 결정적이다. "혼자 산다"는 구절이 내포하는 고독과 단절감이 이름이 내포하는 근원적인 한계에 대한 깨침과 결합되어 그 의미를 한결 더 모호하게 만들기 때문이다. 그런데 이러한 의미론적 잉여, 혹은 미결정성에 부딪혀 결론을 유보하고 있을 즈음, 시인은 우리에게 이렇게 이야기하고 있는지도 모른다. "누군가 시를 쓴다면 그건 그냥 시예요"라고 말이다(「명하면 명」). 시인의 말을 따라 어느 하나의 의미로 환원되지 않고 끊임없이 산포하는 의미의 확장성과 개방성에 주목하는 것도 괜찮을 것 같다.

무심한 듯하면서도 의미의 미결정성과 불확정성을 계속해서 유지하고자 하는 것은 이 시인의 중요한 시적 기법이다. 그런 한편 세상의 고통에 대한 예민한 촉수 또한 그의 시작을 이끄는 중요한 축이다.

기다리는 것이다

어떤 혼은 돌아오지 않고 어떤 혼은 깃들지 않는 교실 안에서 시간
이 자꾸 흘러 애들이 죽고, 살아 있던 내가 만든 작은 물건을 믿을 수
없게 커져 버린 그 피조물을

죽어 버린 나 자신이 보고 있었다
그렇다면 너는 지금 어디에 있지? 혼을 잃은 선생님과 죽은 애들 사
이에 여전한 모습으로 네가 있었고

차가운 캔 음료를 얼굴에 대며, 이제 살 것 같다고
너는 말한다

—「조물」부분

나도 그래,
말하는 대신 나는 창을 열었다 그러자 전쟁 중이라고는 믿을 수 없
을 정도로 하얀 눈이 실내에 들이닥쳤다

무엇이라 말할 수 없을 정도로 희고 차갑고 작은 것들이 공중에서
녹아내릴 때,
사랑스러운 한국인 남성인 그가 불안하면서도 여전히 무엇인갈 바
라는 눈으로 나를 보고 있었다

—「동시대 게임」부분

누구도 사회적인 관계의 망에서 완전히 자유로울 수는 없다. 더

구나 예민한 감성의 소유자인 시인이야 더 말할 필요도 없겠다. 애들이 죽고, "어떤 혼은 돌아오지 않고 어떤 혼은 깃들지 않는 교실"이란, 그리고 "혼을 잃은 선생님과 죽은 애들"이란 우리가 바로 얼마 전에 지나왔고 여전히 우리가 지나고 있는 중인 사건을 이야기한다. 과거에서 비롯하는 고통의 비극은 현재를 관통하여 미래까지 지속된다. 영원히 해소될 수 없는 사건이기에 그것은 과거이며, 현재이고, 또 미래이다. 누군가는 이미 죽었고, 또 누군가는 끊임없이 죽어 가고 있다. 심지어 나조차도 죽은 것과 다르지 않은 상태("죽어 버린 나 자신"). 지옥도가 이보다 더 처참하고 참혹할 것인가. 그러나 지옥에도 한 줄기 빛이 들 날이 올 것이다.

우리가 겪고 견디며 살고 있는 '지금, 이곳'에서의 삶은 무엇을 위한 것일까. 차마 죽음을 스스로 선택하거나 결단할 수 없어 겨우 유지하는 것일까. 그런데 잔해 위에 잔해가 계속해서 쌓여 가는 이 폐허 위에 기적같이 "하얀 눈이 실내에 들이닥"친다. 김수영이 오랜 반성과 절망 끝에서야 비로소 "바람은 딴 데에서 오고/구원은 예기치 않은 순간에" 온다고(「절망」) 간신히 노래할 수 있었던 것처럼 황인찬도 구원의 기적을 갈망하고 있었던 것이다. 왜 그러지 않겠는가. 희망과 기대가 흔적도 없이 사라진 폐허 위에서 우리가 할 수 있는 일이란 끊임없이 기도하며 기다리는 것 말고는 아무것도 없기 때문이다. 그러나 기존의 시간을 깨뜨리며 오래되고 낡은 과거의 시간을 무로 돌리며 시간의 틈을 비집고 도래할 천사는 어디에 있는가. 새로운 천사는 언제, 어디서 나타날 것인가. 황인찬의 천사는 혹독한 추위 속에서 도래하며, "우리들 마음에 빛이 있"는 곳이면 어디든 편재할 존재로 도래한다.

천사가 이곳에 있다 추위가 심해지니까 알 수가 있다

호하고 입김을 불면 창가에 천사가 있다

겨울이 오면

이 좁고 작은 집으로 내려와 있는 천사다

빛이 드는 곳 어디에

천사는 앉아 있다

우리들 마음에 빛이 있다면

그곳 어디에도 있겠지

—「기록」 부분

　　황인찬과 비슷한 시기 시단에 등장한 송승언도 세련되지만 차분
한 어조로 담담하게 세계의 고독을 이야기하며 자신의 시적 비전을
개척한다. 『철과 오크』(문학과지성사, 2015)에는 나와 너의 분리에서 오
는 근원적 고독과 단절이 배면에 깔려 있다. 우리 시대의 젊은 시인
들이 고독과 단절 속에서 시적 여정을 시작하는 데는 사회적·경제
적 이유가 클 것이다. 그런데 겉으로는 신자유주의적 경제 질서로부
터 배제당했다고 할 것이 이면에서는 오히려 그러한 상황을 자발적
으로 선택했다고 볼 수도 있겠다. 어떤 의미에서든 존재의 가장 결
정적인 근거가 경제적 능력이 된 21세기에 시인이 된다는 것은 스스
로 아무것도 아닌 것이 됨을 감당하는 것이기 때문이다. 그러니 버
림받은 것이기보다는 오히려 버림받음을 선택하고 실천했다고 하는
것이 타당할 것 같다.

　　버림받았으나 아직 완전히 버려지지는 않았고, 죽었으나 아직 완
전히 죽지는 않은 상태가 시인이 처한 상태이다. 유령적 존재로서
시인에게는 낭만적 의미에서 저주받은 예술가라는 허울 좋은 자기

의식 같은 것이 있을 리 만무하다. 송승언은 이러한 아이러니를 "내가 이곳을 설계했다 믿었는데 아니었던 거지"라는 구절 속에 담았다 (「녹음된 천사」). 내가 만나는 세상을 내가 만든 것으로 착각하거나 오인하는 과정을 거쳐야 비로소 세상에 대한 정당한 이해를 하기 마련이지만, 그럼에도 그러한 사실을 인정하는 것은 쉬운 일이 아니다. 거짓 희망과 헛된 기대를 사정없이 벗어던진 시인에게 올 것은 무엇인가. 그것은 아마도 철저한 고독 속에서의 삶이 아닐까.

창은 굳게 닫혀 있다
이대로는 익사할 거라고 말한다 너는 듣지 않는다 벽지는 자주 바뀐다 붉었다가 푸르렀다가, 꽃잎 무늬였다가 방울 무늬가 된다 나갔다 돌아오면 방은 침수되어 있다

벽지는 젖어 있다 너처럼 물고기들은 벽의 감정을 배운다 바라보거나 바라보지 않거나 물고기는 식탁 유리를 좋아하고 창의 유리를 좋아하지 않는다 나는 유리를 좋아하지 않는다 나는 살아 있는 아무것도 기르지 않는다 그것들은 서로 먹고, 교배하고, 낳고, 먹는다 우리는 생활로 대립한다

나는 출근하고 너는 출근하지 않는다 나는 말하고 너는 말하지 않는다 나는 사랑하고 너는 사랑하지 않는다 너는 젖고 나는 젖지 않는다
이대로는 익사할 거라고 말한다
너는 듣지 않는다 창은 굳게 닫혀 있다 빛은 닫힌 창으로 들어온다 너는 물을 마시고 물을 준다 나는 물을 마시지 않고 물과 빛이 섞이는 양상을 바라본다

> 붉은 컵에 담은 물은 붉은 물이 되고 푸른 컵에 담은 물은 푸른 물
> 이 된다 물고기들은 빛나는 물의 양상을 배운다
>
> ─「물의 감정」부분

창문 없는 단자처럼 개별적 삶을 살아가는 우리의 일상을 비유한 이 시는 각자의 생활이 "대립"에 기초하고 있음을 말한다. 좋아함과 좋아하지 않음, 출근함과 출근하지 않음, 말함과 말하지 않음, 사랑함과 사랑하지 않음, 젖음과 젖지 않음은 너와 나를 구분하고 가르는 술어이다. 그런데 이 시에 붙인 제목이 "물의 감정"이라는 점은 그 의미를 곰곰이 생각하게 한다. 물은 그 자체로는 경계와 구분이 불가능하다. 물은 그것을 담는 용기에 따라 모양을 달리할 뿐 그 자체로는 대립과 분별과 전혀 상관없는 것이기 때문이다. 마지막 부분의 "붉은 컵에 담은 물은 붉은 물이 되고 푸른 컵에 담은 물은 푸른 물이 된다"는 구절이 의미하는 바는 이와 같은 사정을 전달하기 위해서일 것이다. 대립과 단절이 기본적으로 모든 사태의 기본적인 출발 지점이지만 그럼에도 그러한 한계를 넘어서는 것, 그것이 시인이 말하고자 하는 바다.

송승언의 또 다른 시적 상상력의 중요한 뿌리는 신성한 것에 대한 동경이다. 그에 해당될 만한 시를 옮긴다.

> 숲을 탐색했다 숲이 사라졌다
> 길을 모색했다 또 실패했다
>
> 사라진 숲속을 헤매다

물이나 돌을 찾다 보면
그 사이쯤의 늪

물이 없으니 물이 없다 말하고
나무가 없다 말하니 나무가 없는

숲, 어디쯤의 늪
저를 실패하게 하소서
기도 소리 만연한 고원에서
너희를 만났다, 적이 없는

우리들, 기사들
찔러도 상처 하나 못 내는 창을 쥐고
그런 무기를 자랑스레 여긴다 하고
동맹의 입으로만 말하고

지기 위해 서로를 겨누었다
우리가 가라앉고 있다는 것, 늪 속으로
흘러가는 조상들이 되어 간다는 것 모르고

흥얼거렸네
어디서 배운 노래인지도 모른 채

어디서 다 본 것들이지
어디서 다 들은 이야기들이지

"꿈의 안은 텅 비어 있었다. 숲에서는 자꾸 길을 잃었다"고(「사냥꾼」) 말하는 시인에게 숲에서 길을 잃고 새로운 길을 찾는 과정은 인생의 한 비유라 할 수 있겠다. 삶이라는 알 수 없는 무엇에 내던져진 채 올바른 방법을 찾아 헤매는 것과 숲을 헤적이며 나아가는 것이 유사하게 생각되기 때문이다. 그러나 삶에 정답이 없는 것처럼 숲에서 길을 찾는 것 또한 쉬운 일이 아니다.

숲은 고유의 신성함을 잃어버렸고, 숲을 탐험하는 "우리들, 기사들"의 무기인 "창"은 "찔러도 상처 하나 못" 낼 정도로 허술하기 짝이 없다. 그러나 숲은 우리를 시험에 들게 하기에 충분하고, 모험으로 인도하기에 충분하다. 제대로 된 도구도, 지도도 없이 모험으로 내맡겨지고 내던져지는 것, 이것이 삶과 숲의 의미를 찾는 진정한 출발점이다. 위험 속에서 구원이 자라듯, 길 없음 속에서 마침내 길은 제 실마리를 드러내는 법이니, 그렇다면 아무것도 가진 것 없이 영점(零點)에서 출발하는 것이 존재의 의미를 찾고자 하는 이라면 받아들여야 할 숙명과도 같은 것이 아닌가.

송승언의 시에는 거짓 희망에 대해서는 단호히 거절하는 강인한 결단이 있다. 그것은 어쩌면 용기 있게 황량한 대지 위에 나서겠다는 각오가 그에게 있어서가 아닐까. 어쩔 수 없는 것은 어쩔 수 없는 것이니 손쉬운 방법으로 회피하지 않겠다는 비극적인 결단이 이 시집의 마지막에 암시되어 있다고 여기는 것이 지나치지는 않을 것이다.

얼어붙고, 녹아내리는 먼바다
파도에 밀려오는 뿌연 빛 사이로

내가 삼켰던 생물이 헤엄쳐 오고 있었다
없는 다리와
없는 입으로
도무지 알 수 없는 형상으로 울면서

피는 파도와 섞인다
살은 먼지에 덮인다

이곳에 나를 버린 게 누구인지
생각하지 않았다 탈출을
꿈꾸지 않았다 알 수 없는

해변을 걸었다

멈추면
완성되지 못하는 침묵이 굴속에서 울었다

—「유형지에서」 부분

차가운 열정의 시학을 위하여

희망은 어디에도 없고 오로지 절망과 좌절만이 있는 시대에도 시는 쓰일 수 있는 것일까. 바로 앞선 세대의 시인들이 자유로이 그들 자신만의 화법을 만들기 위해 고투했다면, 2010년대의 시인들은 그들의 시대가 도저히 희망이 가능하지 않은 시대였던 까닭에 생존하는 법을 먼저 익히며 시를 쓰기 시작했다. 근원적인 고독과 단절을 뼈아프게 느끼며 시를 써야 했기에 그들의 시에는 무심하고 냉소적인 분위기가 지배적이다. 그러나 홀로 있음은 더불어 있음을 향한 근본적인 출발점이다. 홀로 존재할 수밖에 없고, 홀로 살아가야 하는 인간에게 삶은 고독한 것이지만, 그런 고독함이 타인과의 만남을 가능하게 하는 약속이다. 황인찬과 송승언은 고독과 단절 속에서 시적 여정을 시작한 까닭에 그들의 시는 세계에 무심한 듯, 그리고 타인에게 냉소적인 듯 보인다. 그러나 어쩌면 이것이 절망의 시대를 건너기 위한 그들의 시적 전략이 아니었을까. 처참하고 참혹한 비극은 견디기 힘든 것이었던 까닭에 냉소적 이성과 차가운 열정이 그들에게 필수적이었을 것이다. (2017)

사이, 관계 그리고 그 너머
―이이체와 박성준의 시에 나타난 사랑의 의미에 대하여

사람들 사이의 섬

오래전에 발표된 한 편의 짧은 시를 통해 이야기를 시작해 볼까 한다.

> 사람들 사이에 섬이 있다
> 그 섬에 가고 싶다
>
> ―정현종, 「섬」 전문

사람들 사이에 있는 섬이란 무엇을 의미하는 것일까. 우리는 개인으로 존재하는 까닭에 섬이란 그러한 특성을 보여 준다 할 수 있겠다. 바다 위에 홀로 떠 있는 섬이라는 비유가 고독과 고립을 표현하기에 부족함이 없다. 바다를 부유하는 섬처럼 우리는 얼마나 외롭고 쓸쓸한 피조물인가.

그런데 곰곰이 생각해 보면 위의 시는 개별자의 존재론적 고독을 이야기하는 것 같지가 않다. 여기서 섬이란 외따로 떨어져 있는, 그래서 홀로 있을 수밖에 없는 고독한 존재의 비유가 아니기 때문이다. 사람들 사이에 있다고 했으니, 이는 사람들 사이에 있는 어떤 관계나 거리 같은 것을 의미하는 것이 아닌가. 그렇다면 이 섬이란 하나와 다른 하나 사이에 있는 어떤 것을 지칭한다고 하는 게 더 타당하겠다. 개인과 개인, 나와 너, 주체와 타자, 이들 사이의 관계, 혹은 거리라고 말이다. 그런 까닭에 그 섬에 가고 싶다는 말은 사람들 사이의 관계에 대한 깨침에서 오는 표현이라 할 수 있겠다.

생각해 보면 사람들 사이의 거리란 얼마나 먼가. 어쩌면 그 관계와 거리에 대한 깨침이 인간을 홀로 있음이 아니라 더불어 있음으로 이끄는 것은 아닐까. 홀로 있을 수밖에 없으나 그럼에도, 아니 그런 까닭에 끊임없이 누군가와 함께 있음을 바라는 것, 이것이 인간의 가장 근본적인 욕망이다. 사이와 관계를 깨치고 그것을 넘어서려는 것, 홀로 있음의 유한성을 벗어나 더불어 있음의 공동체로 건너가는 것, 이것을 사랑이라 할 수 있지 않을까. 어떤 의미에서는 사랑의 공동체야말로 우리가 진정 원하는 것이 아닐까 하는 생각도 하게 된다.

그런데 혼자만의 세계에서 더불어 있음의 세계로 건너간다고 하더라도 나의 개별성과 독립성이 온전히 보장되는 것은 아니다. 타자의 지배와 예속 아래 놓이게 된다면 그때 아무리 주체와 타자가 행복한 관계에 있다고 하더라도 정상적인 관계라 할 수는 없기 때문이다. 지배와 종속의 관계라면 그것이 아무리 호의적인 것이라 하더라도 노예적인 그것과 무엇이 다른가. 그러니 문제는 이것이다. 내가 나의 주체성을 온전히 잃지 않으면서도 타자와 관계를 맺는 방법은 무엇인가. 내가 나만의 세계에서 벗어나 너와 함께 있을 수 있는 공동의 세계로 건너가고 다시 내게로 되돌아올 수 있는 방법, 그것은 과연 무엇일까.

사랑의 (불)가능성과 미래라는 유산

사랑의 의미를 탐구한 알랭 바디우나 한병철과 같은 철학자들의 진단에 따르면 오늘날은 사랑이 종말을 고한 때이며, 그런 까닭에 새로이 사랑을 발견해야 하고, 또한 재발명해야 할 때이다. 우리 시대의 사랑이 결국 동일성에 대한 추구와 욕망에서 조금도 자유롭지 못하다는 판단에서 나온 결론이다. 자기와 비슷한 동일자를 욕망하고 자기와 다르거나 자기를 초과하는 비동일자를 용납하지 못한 까닭이다.

동일성을 욕망하고 동일성 안에 포섭되어서는 결코 새로운 것을 만들 수 없다. 동일성 추구를 통해서는 이미 있는 체계의 범위를 벗어날 방법은 어디에도 없기 때문이다. 동일성이 지배하는 세계에서 과연 무엇이 가능하겠는가. 이미 있는 질서와 규범을 따르고 오히려 공고히 하는 것 말고는. 그런 곳에서 희망이나 사랑이 가능하겠는가.

내일을 저당 잡힌 채 새로운 희망을 만들지 못하고, 타인과의 관계와 만남을 사유하지 못하는 것, 그것이 우리 시대의 비극이다. 경제적 성과를 최우선하는 자본주의적 사고나 효율을 극대화하는 신자유주의적 사고 때문에 개인은 자신만의 안위와 행복에만 치중하게 되었다. 한층 강화되는 경쟁에 내몰려 관심을 기울이는 것은 나와 관련되는 것뿐, 그 이외에 대한 관심은 사치와 낭비로 여기게 된 것이다. 급속도로 진행된 근대화와 산업화로 인해 개인은 파편화되었고, 공통의 가치는 의문에 부쳐지게 된 상황, 환전 가능성을 지닌 것만 가치를 인정받고 다른 것은 무가치한 것으로 치부되는 상황,

눈앞의 것만 중요하고 보이지 않는 것은 무시되는 상황. 이러한 상황에서 도대체 무엇이 가능한가.

그러나 비극적이고 절망적인 상황이야말로 새로운 희망에 대한 가능성이 필요한 상황이다. 희망이란 희망을 주는 것이 아니라 절망으로도 만족하지 못하게 하는 것이라 하지 않던가. 희망이란 희망 없는 곳에서야말로 제 가치를 지닌다. 사랑이 종말을 가한 시대, 이러한 시대야말로 새로운 사랑을 발명해야 할 때이고, 진정한 사랑이 무엇인지를 물어야 할 때이다. 그러나 어떻게 내일에 대한 희망을 고안하고 타자와의 만남으로서 사랑을 발명할 것인가. 내일은 보이지 않고 사랑은 자취를 감춘 곳에서 어떻게 내일을 '지금, 여기'에 가능하게 하고, 또 새로이 사랑에 대한 사유를 시작할 것인가.

사랑을 새로이 사유하기 위해서는 우리의 삶을 발본적으로 성찰해야 한다. 우리는 어떻게 혼자만의 삶을 벗어날 수 있는가. 어떻게 동일성의 감옥에서 해방될 수 있는가. 문제는 홀로 있음으로부터 벗어나 어떻게 타자와의 만남의 장으로 나아갈 수 있는가이다. 어떻게 타자와 만나고 또 관계 맺으며 오늘과는 다른 내일을 꿈꿀 수 있는가.

생각해 보면 우리는 홀로 존재할 수밖에 없는 이들이다. 내가 나로서 자신을 스스로 정립할 수 있을 때 비로소 존재한다 할 수 있는 것이다. 그러나 돌이켜 보면 그 과정은 혼자만의 활동을 통해 성립되는 것이 아니며 또한 우리는 홀로 떨어져 살 수도 없다. 내가 나로서 살 수 있는 데에는 타자의 개입과 타자와의 만남이 필수적이기 때문이다. 타자의 세계가 나의 세계에 흠집을 내고 상처 입힐 때에야 나는 비로소 그 자극이 무엇인지, 자극의 원인이 무엇인지 생각하게 된다. 상처 입음으로써, 다침으로써 우리는 비로소 생각의 세계에 진입할 수 있는 것이다. 편안하고 즐거울 때 우리의 이성은 무엇 하러 사유의 고통스러운 노동을 하겠는가. 아무런 성찰 없이 그것을 누리고 즐기는 것 외에 말이다.

그러므로 타자에 의해 상처받음과 다침은 생각할 수 있음의 다른 표현이 아니고 무엇인가. 타자에 대한 생각, 주체와 타자, 그리고 그 관계에 대한 생각은 모두 주체에게 가해지는 외부의 자극에서 비롯한다. 그러니 주체는 타자의 자극과 침입에 적극적으로 자신을 개방해야 하지 않는가. 그렇지 않으면 주체는 주체만의 세계에 갇혀 있을 수밖에 없다. 타자로부터 시작되는 생각의 활동, 이것이 타자와 관계를 맺는 첫걸음이다.

인간의 본질은 분리와 분열에 있다. 어머니의 배 속에서 분리됨으로써 생명을 얻게 되는 것이니, 어머니와 나의 행복한 세계에서 분리를 경험함으로써 개별자의 지위를 얻게 되는 것이 아닌가. 이 분리의 경험은 우리를 끊임없는 불안과 공포에 노출시키는 근원적인 폭력이다. 그 폭력을 어떻게 받아들일 것인가. 어떻게 그것을 내 생각의 단초로 작용하게 할 것인가. 이것이 우리의 과제이다.

나에게 자극을 주고 상처를 입히는 타자는 나에게 위협과 공포를 주는 대상이다. 대화를 통해 만남과 사귐이 가능한 타자가 이해 가능성의 범주 안에 있다면 그렇지 않은 타자는 나를 불안과 공포에 떨게 한다. 불안과 공포를 가하는 타자와는 어떻게 관계를 맺어야 하는가. 그러한 타자에 대해서는 방어와 예방만이 유일한 방법인가. 아니다. 그러한 타자에게도 나를 내어놓고 내맡겨야 한다. 위협과 공포를 강인하게 받아들이고 견딤으로써 숨겨져 있는 정의와 보편성이 드러나도록 해야 한다. 엠마누엘 레비나스에 따르자면 타자와의 관계와 만남, 그것이 바로 정의이다. 이는 윤리와 정치와 그다지 멀리 있지 않은 이름이다. 그러니 이렇게 말할 수도 있지 않은가. 타자와 함께 있(을 수 있)음에 대한 물음은 새로운 윤리와 정치를 고안하는 일이라고 말이다.

사이와 관계와 만남에 대한 생각이 비약에 비약을 거듭하다 보니 여기까지 이르렀다. 자연은 비약을 허용하지 않지만 목숨을 건 생각의 비약이 새로운 역사와 미래를 만든다. 그러니 우리의 생각이 알지 못할 미지의 세계를 맞이할 수 있도록 우리 자신을 좀 더 모험에 내맡길 필요도 있겠다.

미결정성과 불확정성을 사랑하라

이이체의 두 번째 시집 『인간이 버린 사랑』(문학과지성사, 2016)은 사랑의 실패와 상실에 대한 노래로 가득하다. 그가 어떤 까닭에 상실과 이별의 노래에 집중했는지 알 수 없으나 그 의미에 대해서는 충분히 살펴볼 필요가 있다. 상실과 실패가 그에게, 그리고 그의 시를 읽을 우리에게 사랑의 의미가 무엇인지 일러 줄 터이기 때문이다. 이 시집에서 사랑의 실패를 용기 있게 감행하는 시 한 편을 옮긴다.

나는 나에게 버림받는 것보다
당신에게 버림받는 것이 더 두렵습니다

지독한 치정 속에서 홀로 깨어나,
당신 떠난 빈방에 눈먼지처럼 쌓인 겨울을
쓰다듬으며 밤을 더 깊게 파고 있습니다

마음이 몸을 두르고 꽃피운 기다림

그 지난한 머무름의 곁에는
서로 닮지 못할 삶이어도 거듭 서로를 길들이는
투명한 포옹이 있습니다

나와 당신이 각자의 사연으로 써 내려갔던
엽서들이 어느 세계의 끝에 닿으면
그때 비로소 나와 당신은 우리가 될 수 있을지요

눈부신, 눈부신 어둠 속에서
죽은 울음들을 가지런히 꺼내 놓은 새벽
나의 두 손으로 당신의 손을 지그시
포개어 안고 싶습니다

당신이라는 정신이 있기에
육체라는 인형은 내게 아무것도 아닙니다

—「존재의 놀이」 전문

　우리의 젊은 시인에게 사랑은 알 수 없는 무엇이고, 풀 수 없는 무엇으로 다가온다. 그러나 알 수 없음, 그것이 사랑의 속성이다. 알 수 없음이라는 불가능성이 사랑을 사랑으로 존재 가능하게 하는 유일한 근원이다. 사랑은 열심히 공들이고 정성을 기울인다고 해서 온전히 파악할 수 있는 무엇이 아니기 때문이다. 사랑은 그 자체로 비어 있고, 또 끝내 알 수 없는 무엇으로 남아 있는 한에서 우리를 끊임없이 움직이게 만드는 무엇이 아닌가. 알 수 없는 타인으로부터 비롯하는 알 수 없는 사랑의 정체에 대한 탐구는 시작을 알 수 없듯 그 끝도 알 수 없다.

사랑에 대한 담론이 추상적이라면 실제의 사랑은 구체적이다. 사랑을 잃고 뼈아프게 고통스러워하는 모습은 지난 사랑이 얼마나 절실했는지를 충분히 보여 준다. 연인이 떠난 뒤 "홀로 깨어나" 잠들지 못하는 아픔을 무엇에 비할 수 있겠는가. 그러나 홀로 밤을 지새우는 고독과 고통 속에서 비로소 깨치는 것이 있으니, 이를 시인은 "마음이 몸을 두르고 꽃피운 기다림"이라 하였다. 기다림이란 어떠한 적극적인 행동을 하는 것이기보다는 자신에게 가해지는 것을 받아들임에 가깝다. 그런 의미에서 이러한 태도는 사랑이 떠난 상태를 강인하게 견디는 것이라 해도 지나친 말은 아니겠다. 이러한 겪음과 견딤이 기다림을 "지난한 머무름"으로 만든다. 지난함에는 안타까움이 있지만 동시에 인내하는 정신의 강렬한 태도가 함께 있다. 이러한 강인한 인내가 기다림과 머무름을 "서로를 길들이는/투명한 포옹"으로 만드는 것일 터이다.

이별과 상실의 뒤에도 사랑을 포기하지 않고 강인하게 유지하는 충실성이 새로운 공동체에 대한 가능성을 열어젖힌다. 사랑하는 연인의 공동체가 새로운 공동체를 '지금, 여기'에 도래하게 할 수 있는 것이다. "인간은 사랑을 믿지 않으면서 사랑을 한다"는 말은(「바벨」) 사랑에 대한 신뢰 불가능성을 말하는 것이 아니라 사랑의 불가능성이 사랑에 대한, 끝이 다하지 않을 호소이자 명령임을 웅변한다. 그런 의미에서 사랑의 실패는 사랑을 끊임없이 반복하라는 명령이 아니고 무엇인가. 이 시집의 첫 번째 시가 역설적으로 말하듯 나를 당신에게 주는 용기 있는 행동을 통해서 새로운 가능성이 우리에게 올 것이다.

잘못 온 편지를 읽고 운 적이 있다

나는 당신의 거짓말을 안다
사랑을 잃은 자의 심장을 꺼내 본 뒤로는
백지에서 용기가 나지 않는다
몸은 표현을 두려워한다

당신에게 나를 주어선 안 되겠구나
당신에게 나를 주면 내게 아무것도 남지 않아
나는 죽겠구나

부재가 되지 못한 존재

헤어진 애인과의 섹스에서
혐오가 무뎌질 때까지,
그 감촉의 비곗살을 버릴 수 없을 것이다

당신의 멀미를 잊으면 나는 사라질 수 있다

—「몸의 애인」 전문

　박성준의 두 번째 시집 『잘 모르는 사이』(문학과지성사, 2016)에서도 사랑에 대한 이야기를 찾아본다. 물론 이 시집이 사랑에 대한 이야기만을 하는 것은 아닐 테지만 그럼에도 흥미롭게 읽히는 시에는 만남과 관계에 대한 이야기가 담겨 있으니 그것을 사랑이라는 관점에서 읽을 수 있겠다. 그 가운데 한 편을 옮긴다.

아무도 랑의 말을 믿지 않는다 심지어 랑이 태어나던 순간에도 대다
수는 랑을 인간이 아닌 다른 것이라 했다 누군가는 랑에게 묻는다 어
떤 시간에서 왔느냐고 랑이 대답을 아끼면서 시간이 생성되었다 랑이
대답하자 랑은 사라진다 랑은 연기였고 랑은 미래였다 누군가가 스스
로 랑이라고 주장하는 사례가 있었으나 그 또한 랑이었다 랑은 늘 랑
이다 랑은 늘 혼자였지만 혼자처럼 보이지 않는다 놀라운 일이다 랑이
혼자라는 사실은 랑을 아는 혼자만이 알 수 있는 일, 아무도 랑을 믿지
않는다 때문에 어디서든 뜻밖에 나타나 랑의 말을 듣는다 랑은 공원에
앉아 있었다

—「애타는 마음」 전문

이 시에서 "랑"이 무엇을 의미하는지를 알아채기란 불가능하다.
"랑"은 사내일 수도, 이리일 수도, 혹은 물결일 수도 있을 테니 말이
다. 아니면 또 다른 어떤 것을 지칭할 수도 있겠다. 시인은 아마 이
러한 의미의 미결정 상태를 노렸을 것이다. 그런 만큼 다의적이기도
하다. 그러나 무엇을 의미하든 여기서 어떤 관계에 대한 시인의 생
각을 짐작할 수 있다. "혼자였지만 혼자처럼 보이지 않는다"고 말하
기 때문이다. 이는 "랑" 연작이라 불릴 만한 다른 작품을 통해서도
유추할 수 있다. "랑"은 비정규직 노동자로 나타나기도 하고(「명분」)
사랑하다 헤어진 남녀 사이를 의미하기도 하며(「랑」) 고독한 상태에
처한 이를 이르는 이름이기도 하다(「랑에게」).
　위의 시에 한정하자면 "랑"은 신뢰를 받지 못하고, 타자로서 받아
들여졌으며, 또한 사라지는 존재자이다. 그러나 타자로서, 약자로서
존재하다 결국 사라지고 마는 "랑"은 사라짐으로써 미래가 된다. 아
니 미래로서 의미를 지니기 때문에 현재에서는 사라질 수밖에 없는

어떤 것으로 생각되었을지도 모르겠다. 이를 사랑이라는 관계나 만남이 미래적 사태로 우리에게 주어지거나 되돌아온다는 암시로 읽을 수 있지 않을까. 이미 알고 있던 것이었으나 미래적 사건으로 우리에게 돌아올 것이기에 그것은 영원히 우리에게 미지의 상태로, 미결정과 불확실성의 상태일 수밖에 없는 것이다.

미결정과 불확실성을 가장 중요한 특성으로 한 채 미래적 사건으로 우리에게 의미를 지니는 것, 이것을 일러 사랑이라 해도 지나친 말은 아니겠다. 알 수 없는 어떤 것으로서 사랑의 속성은 이와 유사하기 때문이다. 데리다의 말을 따라 존재한다는 것이 미래를 유산으로 물려받는 것이라 한다면(『마르크스의 유령들』) 우리가 해야 할 일은 그 유산을 어떤 것으로 만드는 것인가, 하는 것이겠다. 영원히 새로이 시작될 그 만듦의 행위 자체, 그것이 우리의 의무이자 과제가 아닌가. "사랑에게 집권할 권리를 주"고(『개별 사상가의 비전』) "불타는 고리를 통과하는 사자들"처럼 나아가는 것이 우리의 일이 될 것이다.

불타는 고리를 통과하는 사자들의 몸은 늘 젖어 있다
막 뽑아낸 뿌리의 근성처럼
그리움이 많은 인간들은 눈을 자주 깜빡거리고
슬픔은 가볍게 손아귀를 통과하는 비누 조각만큼 환한 불빛
더 이상 식물이 자라지 않는 기분입니다
사과는 사과를 방치했던 만큼 사과에게로 간다
공기 중에 칼이 너무 많아 숨쉬기가 힘들다
그토록 푸르고 아름답던 기계들에게
주목 없이도 아주 특별해지고 싶은 아이들에게
안녕, 그 많던 나의 고아들은 왜 수일이 지나서도

소설이 되지 않는가

—「벌거숭이 기계의 사랑」 전문

(2016)

처음은 아직 쓰이지 않았고, 언제나 새로 써야 할 것으로 남아 있다
―김언 신작 시에 부쳐

태초에 말씀이 있었다. 가장 이성적인 논리에 따라 쓰였다는 성경인 『요한복음』은 이렇게 시작한다. 세계가 우연에 의해서가 아니라 합리적 질서에 의해 만들어졌고, 그리하여 그 구성 원리에 대한 논리적 추론이 가능하니 새로운 세계의 구성도 가능하다는 사고가 여기에서 비롯할 것이다. 말씀이란, 로고스를 의미함이니 여기에 개념과 합리가 포함되어 있을 수밖에 없다. 그런 까닭에 말씀이란 단지 어떤 한 개인의 구체적이고 사적인 발화만을 의미하는 것이 아니라 그 안에 논리적이고 이성적인 체계가 담겨 있다고 해서 지나친 말은 아니다.

끊임없이 기존의 질서와 경계를 넘어서고자 하는 김언의 시를 읽으며 이런 생각이 들었다. 태초에 말씀에 있었다는 말이 가능하다면, 김언 시에 대해서도 그와 비슷한 말을 할 수 있지 않을까. 마침 최근 낸 시집이 『한 문장』(문학과지성사, 2018)이니, 김언 시의 태초에 한 문장이 있었다라고 말이다. 언어에 대한 사유와 실험을 계속하며 이미 있는 체계로부터 벗어날 수 있는 방법을 고민하는 가운데 자신의 시학을 구축해 나가는 김언이기에 이런 말도 지나친 것은 아니겠다.

김언은 끊임없이 언어에 대한 물음을 던졌고 그 기록을 우리에게 남겨 놓았다. 어떨 때는 그것이 기존의 체계로 환원될 수 있는 것처럼 여겨지기도 했고, 어떨 때는 그렇지 않기도 했다. 그의 시적 지향은 기존의 언어가 실패하는 곳에서 새로이 시작하는 것이며, 그런 의미에서 "모조리 실패"하고 그 이상의 어떤 것, 곧 "다른 문장"을 발견하여 만드는 것인 까닭에(『시집』, 『거인』) 새로운 언어적 기원을 찾고, 다양한 문장을 통한 실험을 이어 가는 것이기도 하지만 동시에 그런 것들로 한정될 수 없는 어떤 지점에 가닿고자 하는 것이기도 하다. 그는 내일의 시를 이미 써 두었고, 어제의 시를 새로 고쳐 쓸 것이기 때문이다. 그의 시란, 어떤 면에서는 전미래적으로 이미 오래전에 써 두었던 것이 될 수도 있을 것이다. 아니면 유사하게 이렇게 말할 수도 있을 것이다. 그에게 시란, 어제의 시를 끊임없이 새로이 고쳐 쓰는 과정이라고 말이다.

"그 문장이 그 사람을 말한다"라고 했고, "비문에서 문장을 발견한다"고도 했으며, 그런 의미에서 "불가능에 도전하는 것이 시"라고 했으니(『詩도아닌것들이—문장 생각』, 『거인』) 그의 시적 여정이란 언어적 한계를 넘어 새로운 시를 창조하는 과정이다. 물론 언어를 벗어나는 실험이 언어를 통하지 않고는 불가능하다는 점은 인간의 가능성과 한계가 동시에 드러나는 지점이기도 하다. 그러나 김언의 시가 단지 그러한 언어의 (불)가능성과 인간의 (불)가능성을 둘러싼 이야기만을 하는 것은 아니다. 그는 그 경계를 끊임없이 탐험하며 존재론적 변전에 대한 가능성을 묻기도 했기 때문이다.

언어란, 인간을 인간으로 만드는 원인이자 매개이지만 동시에 그것은 또 다른 타자적 실체로 받아들여질 수밖에 없다. 내가 나를 하나의 타자로 인식하면서 비로소 반성적 사유가 가능한 것처럼 언어란 내가 사용하는 것이지만 동시에 나로부터 떨어져 존재하는 어떤 것임을 인식할 때 비로소 언어에 대한 성찰이 가능해진다. 그런 까닭에 내가 나에게 타자가 될 수 있는 것처럼 언어 또한 나에게 타자로 존재할 수밖에 없다는 깨침에 이른다. 이것이 언어에 대한 사유가 가닿을 수 있는 하나의 극단이다.

나는 나로 존재하는 한 나를 구성한 세계 속에서 살 수밖에 없다. 그러나 나로 가득한 유아(唯我)론의 세계에 머무르지 않으려면 타자를 만나고 또 그와 관계를 맺어야 한다. 오직 그럴 때에만 자기를 위한, 자기만의 세계로부터 벗어날 수 있다. 끊임없이 나는 나로부터 떠나야 하는 것이다. 그러나 내가 나를 온전히 떠날 수는 없는 것. 나는 계속해서 나를 떠나 외출하지만 결국 나에게로 돌아올 수밖에 없다. 그렇다고 하여 다시 돌아온 내가 어제의 나 그대로일 수 없는 것 또한 당연한 일. 그러니 나는 끊임없이 나를 벗어나며 조금씩 달라져서 나에게 돌아온다. 그 과정에 대한 문학적 기록이 김언의 시이다. "문장 다음에" 새로이 생겨나는 "사건"이(「이보다 명확한 이유를 본적이 없다」, 『소설을 쓰자』) 무엇인지 알 수 없으나 이러한 문장들과 그것들로 이루어진 시를 씀으로써 그도 어떠한 변화를 겪게 되지 않았을까. 그렇다면 그의 시란 존재론적 변전에 대한 기록으로도 새길 수 있을 것 같다.

겨울이 되었다가 여름이 되었다가 한 번도 울지 않는 사람이 되었다. 두 번 다시 울 수 없는 사람이 되었다. 비결이 뭐냐고 물으니까 웃는다. 나처럼 따라 해 보라고 웃는다. 따라 하는 사람이 없다. 따라 하

는 사람이 생겼다. 표정만 바꿔도 그 사람이 될 수 있다. 표정만 바꾼
다고 그 사람이 되는 것은 아니다. 둘 사이에서 따라 했다. 둘 사이에
서 겨울이 되었다가 여름이 되었다가 울지 않는 사람이 되었다. 두 번
다시 울 수 없는 사람도 될 것 같다. 그를 따라 하는 사람이 생겼다. 그
를 따라 하지 않는 사람은 더 많다. 그를 따라 하려고 겨울이 되었다가
여름이 되었다가 얼음이 되는 사람도. 얼음이 되지 못하는 사람도 웃
는다. 원산지가 어디냐고 물으니까 웃는다. 멀리서 왔다고 한다. 그래,
원산지는 멀다. 가까운 곳에선 나지 않는다. 따라 하는 사람도. 따라
하지 않는 사람도 웃는다. 그 웃음을 팔러 간다.

—「원산지」(『포지션』, 2019.봄) 전문(『백지에게』, 민음사, 2021)

겨울과 여름이 있고, 울음과 웃음이 있으며, 따라 함과 따라 하지
않음이 있다. 겨울과 여름은 계절의 변화이고, 울음과 웃음은 감정
의 변화이며, 따라 함과 따라 하지 않음은 존재론적 변화이다. 시간
의 흐름에 따라 감정은 기쁘게도, 또 슬프게도 변한다. 그에 따라 어
떤 것을 따라 하며 그와 유사한 상태가 되고 싶어 하고, 마침내는 그
것이 되고자 간절히 원한다. 간절히 바라면 결국 바람을 닮게 마련
이기에 언젠가는 그것이 될 수도 있으리라 기대하면서 말이다. 변화
와 그에 따른 생성이 모든 사태의 기원이자 원리라는 믿음이 이러한
기대의 바탕과 출발이 되기도 하겠다.

그러나 그러한 변화란 어떻게 가능한 것일까. 변화와 생성이 모든
사태의 원리라 하더라도 그 구체적인 발현 양상이 어떠한지 알기란
좀체 쉽지 않은 일이다. 더구나 그 출발이나 기원은 항상 어둠과 미
지에 가려 있을 따름이다. 그런 의미에서 "원산지는 멀다"라고 할 수
있는 것일까. 알 수 없는 기원에서 오는 불안과 미지의 공포 속에서

도 삶을 이어 나가야 하는 것이 우리의 삶이다. 그런 까닭에 나아갈 수도 없고 되돌아갈 수도 없는, 이 사막이라는 실재를 끊임없이 헤치고 헤적이며 움직일 수밖에 없는 것이 또한 우리의 삶이다.

물론 이 시는 이렇게 존재와 변화와 생성에 관한 시로 읽을 필요가 없을지도 모른다. 그러나 김언의 시를 오래도록 읽어 온 독자로서는 그의 시를 존재론적 변전에 관한 기대와 그 무상함의 기록이라고 읽고 싶어지는 것 또한 사실이다. 단지 언어에 대한 실험과 체계에 대한 반성적 성찰에 그치는 것이 아니라 쉼 없이 물음을 던지며 물음을 던지는 그 자신도 마침내 변하게 되는 순간을 맞닥뜨리게 되는 것이 그의 시라고 할 수 있지 않을까. 누군가 말한 것처럼 생성이란 서로 조화된 모순의 만남인 까닭에 어느 하나의 원리로 환원될 수 없는 그의 시적 여정은 끊임없이 개념과 논리 부근에서 그것들에 근본적인 의문을 제기하며 그 너머의 어떤 지점에까지 가닿고자 하는 시도로 읽을 수도 있을 것 같다.

나는 어제 만났다.
너는 오늘 만났다
누구를 만났는가?

불안해서 만났다.
불안해서 말했고
불안해서 서 있다.

나는 오늘 만났다.
너는 어제도 만났다.

누구를 만났는가?

섬광처럼 지나갔다.
불안해서 아름답다.
불안해서 가지런하고

불안해서 웃고 있다.
잇속에 낀 찌꺼기가
하루 만에 나왔다.
　　　　　　—「불안」(『포지션』, 2019.봄) 전문(『백지에게』, 민음사, 2021)

　나는 나로 존재하고, 그런 만큼 너도 너로 존재한다. 그러나 나는 나로 남아 있고 너는 너로 남아 있는 한 거기서 어떠한 변화도 가능하지 않다. 내가 나를 반성과 성찰의 대상으로 삼는다고 해서 진정한 변화란 가능하지 않다. 오로지 나는 너를 만남으로써만, 나와 다른 너를 만남으로써만 비로소 변화가 가능하다.
　위의 시는 김언식 만남의 존재론이라 할 만하다. 내가 나를 만나는 데서 그치지 않고 타자인 너를 만남으로써 어떤 변화가 가능하리라는 것이다. 시인은 만남이 "섬광처럼 지나"간 까닭에 "불안해서 아름답"고 "불안해서 가지런하"다고 했는데 아마도 만남의 발생론, 혹은 기원론이 여기에 해당되겠다. 불안의 감정 상태가 타자를 만나게 하였고, 그 까닭에 새로운 변화가 가능하다고 말이다. 그런데 오히려 반대로도 읽힐 수 있을 것 같다. 만남이 섬광처럼 짧은 순간에 그친 까닭에 불안한 것으로 여겨졌고, 오히려 그런 이유로 아름답고 정돈된 것으로 여겨졌다고 말이다. 어떤 방식으로 읽어도 만남과 불안은 서로를 끌어당기는 유인으로 작용한다. 제 꼬리를 무는 뱀처럼 끊임없이 이러한 움직임은 이어질 것 같다.

불안이 시대의 근본 분위기이고 그리하여 불안 속에서 살 수밖에 없는 까닭에 그것을 견디거나 이겨 내기 위해 타자를 만나는 것일 수도 있겠다. 그럼에도 그러한 만남이 새로운 가능성을 잉태함은 변함없는 사실이다. 너를 만남으로써 경험하게 되는 정신과 육체의 동요를 감행하는 것, 바로 거기서 새로운 미래는 비로소 가능하게 된다. 어쩌면 이것이 새로움에 대한 동경이 가닿을 수 있는 한 극단일 수도 있겠다.

또 다른 신작 시들인 「다시 밤이다」와 「파티에 가는 일기」는 시간에 대한 성찰의 기록이다. 시간에 대한 일반적이고 보편적인 생각에서 벗어날 수 있는 가능성을 타진해 보는 사유의 실험이라 할 수도 있겠다. 대개 우리는 시간이란 흘러가고 지나가는 것이라 여긴다. 시간은 시작이 있고, 중간이 있으며, 결국 끝이 있다는 생각. 직선적 시간관이 시간에 대한 보편적인 생각이다. 언제인지 모를 처음은 지나갔고, 그 중간의 어떤 지점을 우리가 살고 있으나, 시간은 종말을 향해 가고 있다는 근대적 시간관이 보편적인 것으로 여겨진 때문이다. 그러나 시계에 나타난, 시계의 작동으로 인지되는 시간이 과연 시간의 전부이거나 유일한 모습일까. 어떤 의미에서 우리는 먼저 시작한 끝과 나중에 만날 시작을 이미 경험했을 수도 있는 것은 아닐까. 시간이 직선적으로만 존재한다거나 아니면 순환적으로 원환을 그리며 반복적으로 존재한다는 생각 말고 다른 생각은 불가능할까. 순환적 시간관과 원환적 시간관, 혹은 일회적 시간관과 반복적 시간관의 바깥에서 생각할 수 있는 방법은 없는 것일까. 어쩌면 김언이 몇 편의 시들을 통해 묻고자 한 것이 이러한 것은 아닌지 모르겠다. 단선적인 사고에서 벗어나는 어떤 곳에서 독특하지만 상상 불가능한 것들도 가능한 순간이 온다고 말이다. 아니면 어떤 하나도 단순하거나 단일하지 않고 여러 가지가 섞여 있는 복합체인 것처럼 시간도 어떤 하나의 관점으로 생각될 수 있는 것은 아니라고 말하려고 한 것인지도 모르겠다.

단일하거나 단순하지 않고, 오히려 복잡하며 복합적으로 존재하고 작동하는 시간을 상상할 수 있다면 그것이 문학적 시간이고, 또한 김언이 상상적으로 재구하고자 하는 시간이 아닐까. 여기에는 시간의 선후 관계도, 원인 관계도 없는 것처럼 여겨진다. 우리가 알고 있는 규칙이나 법칙이 여기서는 작동하지 않을 터이기에 모든 것이 가능하고 모든 것이 자유로울 것이다. 그 시간과 장소는 항상 미래완료의 시제로서만, 도래할 것으로 남아 있음으로써만 의미를 지닌다.

무엇을 하기로 했는지 모르겠지만 무엇인가 하고 있다. 글자라도 두드리고 있다. 의미가 있을 리 없는 글자를 두드리면서 의미가 생기기를 바라고 있으니 이 또한 의미고 부질없다 싶을 때 발생하는 의미를 기대하고 고대하면서 무언가를 하고 있다. 무언가는 글자를 닮아 간다. 따라가고 있다. 의미도 없이 글자를 앞서가는 무언가가 있고 글자에 짓눌리는 무언가가 있고 글자와 하등 상관없는 무언가가 글자에 대해 한마디 한다. 따라오라는 뜻일까, 비키라는 뜻일까, 아니면 연락 좀하고 지내자는 뜻일까? 글자는 모른다. 글자는 찍힌다. 글자는 버려진다. 읽지 않으면 아무 소용도 없는 글자들이 창궐하는 세상은 무섭지도 않다. 가엾지도 않다. 글자가 옮겨 다니고 있다. 여기서 저기로 글자가 기어가는 움직임. 기어가다가 멈춰 버린 움직임. 내가 무엇을 하기로 했는지도 모르는 움직임. 그러다가 죽을지도 모르는 움직임. 주저앉은 움직임. 목청을 높이는 움직임. 가장 높은 순간을 듣기 싫은 움직임. 무엇이든 중요해지고 조용해지는 움직임. 그러다가 그치는 움직임을 잠깐이라도 참아 보려 한다. 참고 있다. 다음 글자들이 어디서어떻게 중단될지 알 수 없는 움직임을 지나가고 있다. 아직 시작도 하지 않은 글자가 있다. 아직 건너뛸 수도 없는 글자가 아직도 있다. 나는 그 글자를 모르고 만나러 간다. 글자가 앞에 있다. 앞에 없으면 뒤에 있다. 뒤에 없으면 또 어디에 있는가. 옆에 있다는 소리는 내가 하지 않았다. 아주 뛰어난 시인의 몫으로 남겨 둔다. 그는 이미 했다. 옆에서 옆에 대해 한참이나 떠들다가 갔다. 그를 따라가려면 다른 길이필요하다. 정반대의 길. 옆이 아니라 정반대의 길. 옆 때문에 생각하는정반대의 길은 옆에 없다. 옆에서도 정반대로 가는 길을 상상이나 해본 적 있는가. 그것이 어떻게 생겨 먹었는지 뜯어보고 있는 글자를 뜯어보고 있다. 훔쳐보고 있다. 글자는 저렇게 만들어진다. 글자는 저렇게 씨를 퍼뜨리고 글자는 글씨가 아니다. 글씨였던 때도 있다. 글씨가아닌 때도 있었다. 글자는 글자 때문에 글씨를 바꾸고 나는 글씨가 없다. 서체라고 할 만한 것이 없는 사인을 만들어 내고 있다. 아무나 따라 할 수 있는 사인을 할 때마다 바꾸고 있는 사인을 누가 따라 할 수있을까. 아무도 없다. 할 때마다 바뀌니까 어느 것이 진본인지 모르는사인을 완벽하게 위조할 수 있는 방법은 없다. 있다면 하나다. 이제까지 하지 않았던 사인이어야 한다. 위조범에게 창작의 자유를 주는 사인을 어느 순간 내가 따라 하고 있다. 이 사인은 내가 했지만 내가 했다는 걸 증명할 수 없는 사인이다. 누가 했더라도 그 누구를 증명할 수없는 사인으로 나의 고유하고 유일한 사인이 있다. 사인만이 남는다.아직 하지 않은 사인만이 남아서 이제까지의 사인을 증명한다. 저 사인이 진짜면 이 사인도 진짜고 저 사인이 가짜면 앞으로도 가짜인 그런 사인을 하면서 나의 한 달을 증명한다. 나는 한 달 동안 이 정도의 일을 했다. 누군가의 연설문 두 개. 누군가의 서신 세 개. 누군가의 인사말 두 개. 그리고 한 문장도 되지 않는 캐치프레이즈에 가까운 구호 하나를 만들어서, 예비로 서너 개 이상을 더 만들어서 제출한 것이 나의 일이다. 지난 한 달은 남의 글로 시작해서 남의 글로 끝나는 나의 사인을 만들어서 제출한 것이 전부다. 아니다. 또 있다고 말하는 나의 글이 있다. 나의 사인이 있고 또 다른 사인이 있어서 나는 여러 명의 사인을 여기서 하고 저기서도 했다. 오로지 사인만이 사인을 증명한다. 내가 무엇을 하고 무엇을 했고 무엇을 할 것인지에 대해서도 사인은 사인만 가지고 말한다. 사인은 사인만 보라고 말한다. 모두 다르지 않느냐고 말하는 그 사인이 동일하게 한 인물을 지시하는 순간에도 사인은 다르다. 사인은 달라지려고 조금씩 꿈틀거린다. 조금씩 움직이는 사인을 움직이면서 만들어 내고 있다. 사인은 사인한테 물어봐야 다른 사인으로 증명해 줄 것이다. 동일인의 사인이라고 한다. 동일인이 아니면 또 누구의 사인인가? 그 사인을 처음 보는 것처럼 어리둥절해하는 너도 그 사인을 본 적이 있다. 본 적이 없다면 없는 대로 사인은 사인을 지시한다. 사인은 한 사람의 것이다. 사인은 한 사람의 것이 되려고 그렇게도 많은 공범을 만들어 냈다. 저마다 같은 사람이라고 아우성친다.

—「사인」(『포지션』, 2019.봄) 전문

우리는 언제나 무언가를 하고 있다. 아무것도 하고 있지 않다고 생각하는 동안에도 어쩌면 아무것도 하지 않음, 곧 비(非)행위를 하고 있는지도 모른다. 아니 그러한 생각을 행하고 있으니 아무것도 하지 않는 것이란 있을 수 없다고 해야겠다. 그런 까닭에 우리가 언제나 무언가를 행하고 있는 중이라는 말은 전혀 이치에 어긋나지 않는 것이다. 이것을 김언식 행위론이라 해도 되지 않을까.

그런데 무언가를 행함이 글쓰기로 이어지고, 또 그것이 서명 행위까지 이르게 되면 이 시는 다른 차원으로 번져 나간다. "글씨를 못쓰는 사람"이어서 자신의 "사인"이 "과거나 현재나 미래나 모두 이상하게 다른" 까닭에 사인을 할 때면 "움직이는 사인이 움직이지 않는 서류를 증명하려고 애쓰는" 듯 여겨지고 그것이 곧 자신의 작품이라고 해도 되겠다는 '시작 노트'를 참조하면, 이러한 연쇄가 의미하는 바가 무엇인지 분명해진다. 그것은 어떤 작품의 본질성과 원본성이 어떻게 보장 가능한가에 대한 근본적인 물음이다. 글씨를 잘쓰지 못하니 "서체라고 할 만한 것이 없는 사인을 만들"게 되었고, 그래서 "할 때마다 바뀌니까 어느 것이 진본인지 모르는 사인"이 나올 수밖에 없으며, 그런 까닭에 결국 "위조할 수 있는 방법은 없"게 되는 것이다. 애초부터 본질적인 것이 있다고 할 수 없으니 그와 꼭같은 반복은 있을 수 없고, 그와 마찬가지로 위조조차 불가능하다. 무엇이 진짜이고 무엇이 가짜인지 알 수 없는 상태, 아니 가짜가 진짜를 증명하는 상태라고 해야 할까. 가짜와 진짜는 서로 마주 보고 있는 존재들이라고 해야 할까. 세계는 원본과 사본으로 이루어진 것이 아니라 다만 사본으로만 이루어져 있다는 탈근대적 사유의 시적 판본이 이와 같은 것일까.

그러나 여기에는 이러한 사유에 대한 우회적 비판 또한 스며 있는 것 같다. 세계가 시뮬라크르로 가득하다면, 나의 감정이나 생각도 허위로 가득한 것이라면 실제로 존재하는 것이란 아무것도 없는, 그 야말로 가상세계에 불과할 것이기 때문이다. 그러나 세계가 한 줌의 모래밖에 되지 않는 허위와 가상이라 할지라도, 내가 존재한다는 것이 한낱 소문에 불과한 것이라 하더라도 나는 이 가상의 세계를 살아야 한다. 그것이 최소한의 진실이자 윤리이다. 허무하기 이를 데 없는, 살아야 한다는 것 자체, 이것이 현대를 사는 인간의 최소한의 의무일지도 모르겠다. 신념은 어떠한 난관도 극복할 수 있게 해 주지만 인생이 공허해지는 것을 막을 수는 없다고 언젠가 발터 벤야민은 말했는데 공허를 감당하려는 자는 아무 의지할 데 없이 무한의 공포에 노출될 수밖에 없다. 이 우주의 무한한 공간과 침묵이 우리를 두렵게 한다.

어떤 의미에서 이 작품은 진위의 결정 불가능성, 모든 대립하는 것들의 근거 없음을 예리하게 지적하는 것 같지만 동시에 다른 의미에서는 그 대립과 분열의 선을 관통할 수 있는 가능성에 대한 타진이기도 한 것 같다. 다시 '시작 노트'를 참조하자면, 사인이란 원초적인 행동이며, 살아 있음의 유일한 증명이기 때문이다. 김언은 이렇게 마지막으로 덧붙였다. "오늘의 사인은 어제의 사인보다 조금 더 활기찼으면 좋겠다. 그래서 밝아지면 밝아지는 대로 어두워지면 어두워지는 대로 다시 사인을 할 것이다. 내가 이만큼 살았다고. 내가 이만큼 살아서 쓰고 있다고. 다른 방법이 없다."

논리적 추론과 개념적 판단으로 독자들이 자신의 감상과 판단을 저울질할 때 우리의 시인은 유일한 행동으로서 쓰기를 이어 나갈 것을 다짐한다. 그러니 그의 시의 대해 앞에서 한 말은 다시 고쳐야겠다, 이렇게. 김언 시의 처음은 아직 쓰이지 않았고, 언제나 새로 써야 할 것으로 남아 있다. **(2019)**

시적 공감의 두 양태
―박준과 기혁 신작 시집에 부쳐

공감의 넓이와 깊이―박준의 시

"문학을 잘 배우면 다른 이에게 줄 수도 있다는 사실을 대학과 대학원에서 알았다"고 첫 시집 『당신의 이름을 지어다가 며칠은 먹었다』(문학동네, 2012)의 후기에 덧붙였던 박준이 새로운 시집으로 돌아왔다. 많은 독자들의 사랑을 받은 산문집 『운다고 달라지는 일은 아무것도 없겠지만』(난다, 2017)을 거쳐 『우리가 함께 장마를 볼 수도 있겠습니다』(문학과지성사, 2018)라는 제목의 시집으로 말이다. 시인 박준이 특유의 여성스러우면서 부드럽고도 다정한 문체로 문단 안팎에서 적지 않은 관심과 호응을 얻었음은 다시 말할 필요조차 없겠지만, 오래도록 그의 두 번째 시집을 기다렸을 독자들은 기쁘기도 하고, 아쉽기도 하겠다. 오랜만에 박준의 목소리를 시로 들을 수 있는 즐거움이 한쪽에 있다면, 첫 시집에서 보여 줬던 강렬한 부드러움이 여전히, 혹은 아직도 계속되는 데서 오는 반가움과 안타까움이 다른 한쪽에도 있을 테니 말이다. 물론 박준의 두 번째 시집은 여전히 가

독성이 높고, 부드러운 어법으로 독자들을 매혹시킨다. 하지만 새로움이랄까, 깊어짐이랄까 하는 유의 변화에 대한 적지 않은 기대도 있지 않았을까. 보살핌과 도움을 받아야 하는 이(들)의 이야기를 이어 온 까닭에 독자들의 호감과 공감을 끌어냈던 분위기와 문체가 자첫 익숙함과 안일함으로 받아들여질 수도 있음을 우선 말해야겠다. 그런데 좀 더 말하자면, 박준의 시에 등장하는 인물들은, 희망 없음과 출구 없음을 도저히 더는 견딜 수 없는 우리 시대 청년들의 우울과 절망을 반대급부로 함으로써 성립될 수 있음도 염두에 둘 필요가 있다. 어떤 면에서는 현실의 문제를 정면으로 마주할 수 없는 약한 주체들이 만연해 있는 시대의 분위기를 대변한다고 할 수도 있겠다. 그러나 동시에 그러한 나약하지만, 오히려 끈질긴 생명력을 지닌 채 삶을 이어 가는 이들의 이야기를 담고 있다고 할 수도 있겠고, 그런 까닭에 지친 영혼들의 공감을 얻을 수도 있었겠다.

새로운 시집을 맞이하는 즐거움과 기쁨을 말하다 서두가 길어졌다. 즐거움과 기쁨이 있는 동시에 약간의 아쉬움도 없지 않았음을 말하는 것으로 마무리 짓고 이 시집의 첫 시를 읽어 보자.

그해 우리는
서로의 설부름이었습니다

같은 음식을 먹고
함께 마주하던 졸음이었습니다

남들이 하고 사는 일들은
우리도 다 하고 살겠다는 다짐이었습니다

발을 툭툭 건드리던 발이었다가
화음도 없는 노래를 부르는 입이었다가

고개를 돌려 마르지 않은
새 녘을 바라보는 기대였다가

잠에 든 것도 잊고
다시 눈을 감는 선잠이었습니다

—「선잠」 전문

　이번 시집에서 가장 자주 만나는 단어는 '우리, 함께, 같이, 서로'
와 같은 말들이다. 모두 복수 주어를 내포하는 단어로, 읽는 사람과
쓴 사람이 같은 자리에 놓여 있음을 대변하는 말들이다. 이러한 시
어들을 자주 접하며 독자는 시인과 비슷한 눈높이를 경험하고 또 자
신을 시인과 동일시하게 된다. 감정이입이랄까, 공감 같은 것을 느
낄 수 있는 것이다.
　감정이입, 혹은 공감으로 번역되는 독일어 'Einfühlung'은 공감학
이라는 학문 분야에서 지적하듯, 안으로(ein) 들어가서 느낀다(fühlen)
라고 풀 수 있다. 누군가의 마음 안으로 들어가서 함께 느끼고, 그럼
으로써 그와 동일한 상태에 있음을 느끼게 되는 것이다. 그런데 이
러한 감정이입과 공감에는 미묘한 과정이 있는 것 같다. 공감이란
우선 말 그대로 같이(共) 느낌(感)이니 느끼는 주체와 느껴지는 대상
의 존재를 동시에 상정한다. 어떤 주체가 다른 주체를 대상으로 느
끼며 적극적으로 같이 느끼고자 하는 것이다. 그런데 거기에는 단지

주체의 능동적인 활동만 있는 것이 아니라 다른 주체의 활동에 감화되어 움직이는 수동적인 과정도 동시에 있다. 그런 까닭에 공감에는 능동적 과정과 수동적 과정이 함께 얽혀 있다고 해야겠다(능동과 수동의 얽혀 있음, 이를 통한 주체와 타자의 만남에 대해서 "적극적 수동성"이라는 개념으로 이야기한 바 있는데 이에 대해서는 졸저를 참고하길 바란다. 『김수영과 김춘수, 적극적 수동성의 시학』). 또한 그것은 과정이며 결과이기도 하다. 어떤 촉발을 통해 주체는 자신의 공감 대상과 같이 울고 웃는다. 이러한 감정의 움직임이 과정이나 결과, 어느 하나로 환원되기는 힘들 것 같다. 왜냐하면 그것은 과정이며 결과이고, 결과이며 과정이기 때문이다. 그런 까닭에 감정이입과 공감에 대해서는 이렇게 말할 수도 있겠다. 그것은 능동과 수동이 함께 얽혀 있고, 과정과 결과가 서로 엮여 있는 작용/현상이며 동시에 운동/사건이라고 말이다.

이 시집의 처음을 장식하고 있는 위의 시에서도 이러한 사정을 읽을 수 있다. "우리는/서로의 섶부름"이라고 할 때, "같은 음식을 먹고/함께 마주하던 졸음"이라고 할 때, 거기에는 말하는 이의 경험이 담겨 있음과 동시에 독자에게 그 경험을 함께하자는 권유가 담겨 있다. 물론 그 이전에 시에서 말하는 이와 듣는 이의 함께 있음도 당연하다. 그러니 여기에는 이중의 함께 있음이 작용한다고 해도 지나친 말은 아니겠다. 화자와 청자, 그리고 시인과 독자의 함께 있음. 이러한 함께 있음을 경험하며 공감의 진폭은 차츰 커진다.

그러면 이러한 공감은 어디까지 이르는 것일까. 첫 시집이나 산문집을 통해 보자면 박준의 공감은 함께 웃고 우는 과정을 내포하며 기뻐함과 아파함을 동시에 의미한다. 그런 까닭에 그것은 이름 없고 고통받는 자들과, 제 몫을 제대로 부여받지 못한 이들과 함께 머무른다. 그러면서 그들과 함께 견뎌 냄으로써 새로운 가능성의 시공간을 만들어 내기도 한다. 어떤 면에서는 무기력하기도 하지만 오히려 그러한 능력 없음이 새로운 능력의 창출이 되기도 한다. 아마 그것이 시라는 문학 형식이 할 수 있는 놀라운 힘이며 기적이기도 하겠다.

박준 시의 공감은 넓이와 깊이를 더해 가겠지만 이 시집에서 발견할 수 있는 것만 몇 가지 더 살핀다.

멀리 자라고 있을
나의 나무에게도
살가운 마음을 보낸다

한결같이 연하고 수수한 나무에게
삼월도 따듯한 기운을 전해 주었으면 한다
　　　　　　　　　　　　　　　—「삼월의 나무」 부분

그때까지 제가 이곳에 있을지는 모르겠습니다만 요즘은 먼 시간을 헤아리고 생각해 보는 것이 좋습니다 그럴 때 저는 입을 조금 벌리고 턱을 길게 밀고 사람을 기다리는 표정을 짓고 있습니다 더 오래여도 좋다는 듯 눈빛도 제법 멀리 두고 말입니다
　　　　　　　　　　　—「메밀국수—철원에서 보내는 편지」 부분

취한 아버지가 자주 넘어진 골목, 누워 있던 어둠들을 하나하나 기억해 본다 가을에는 살아 있는 것만으로 충분한 날들이 있다고 믿는다 유난히 끝을 잘 맺지 못하는 나의 습관을 그대로 둔다 구미로 가는 길, 아니 어딘가로 처음 가는 길은 언제나 멀어서 나는 더 먼 걸음을 하고 있을 당신의 눈을 기릴 수 있다 그런 당신의 눈앞에도 맑은 당신의 눈

빛 같은 것들이 설핏 내비쳤으면 한다
　　　―「맑은 당신의 눈앞에, 맑은 당신의 눈빛 같은 것들이」 부분

　각 시들의 뒷부분을 옮겼다. 이들 시에서 눈에 띄는 것은 '멀다'라는 낱말이다. 누군가에게, 무언가에게 자신의 감정을 나누어 준 시인은 그 감정이 또 다른 누군가, 또 다른 무언가에게까지 가닿길 바랐던 것이 아닐까. 마음은 항상 흐르기 마련이고, 그 흐름은 돌아 돌아 멀리까지 닿기 마련이다. 흐름은 대개 위에서 아래로 흐르지만 박준 시의 공감은 그 방향의 앞뒤와 선후가 뚜렷하지 않다. 끊임없이 흘러가는 운동의 형태로 그 의미를 지닌다고 하는 것이 좋겠다.
　흐름의 운동은 고체의 그것과는 달라서 부드럽고 유동적이다. 모든 견고한 것들이 대기 속에서 녹아 버리는 것처럼 언젠가는 고착되고 정체되어 있는 모든 것들도 사라질 수밖에 없다. 어느 한 곳에 머물러 있거나 어느 하나를 고집하는 것들은 종말을 고하고야 만다. 사라지지 않고 생명을 유지하는 것들은 역설적으로 변화의 흐름을 자신의 운명으로 받아들인 것들이다. 시인이 멀리 가닿고자 하는 자신의 마음을 시로 노래할 때 이야기하고자 한 것도 아마 이러한 것들이 아닐까. 자신에 집착하지 않고 타자에게 자신을 끊임없이 개방함으로써, 타자가 자신에게 오는 것을 허용함으로써 함께 감정을 나누고 그를 통해 부드러운 흐름을 얻고자 하는 것.
　무엇에든, 누구에든 자신의 마음을 나누어 주고 싶어 하는 시인의 마음은 계속 흘러 어디까지 닿을 수 있을까. 그 흐르는 마음이 마침내는 시대의 절망과 좌절로부터 구원이 가능하게끔 하는 데까지 이를 수 있기를 기대해 본다.

시라는 원격통신, 혹은 타자와의 만남이라는 사건—기혁의 시

기혁의 시는 어떤 면에서는 이천년대 초반 다양하게 분기했던 새로운 흐름의 시들을 떠올리게 한다. 기혁이 내보이는 강렬한 에너지와 넘치는 비유, 또 과잉된 언어들이 지난 연대 시단의 한 흐름을 이루었던 미래파 시인들의 그것들과 유사하게 느껴지기 때문이다. 물론 그사이에 많은 일들이 있었다. 다양하게 이어질 것 같던 언어의 새로움은 어느새 급속히 냉각되었고, 정치적 자유뿐 아니라 문학의 자유도 심각하게 훼손되었기 때문이다. 그런 과정을 이어 가며 문학과 정치를 둘러싼 논쟁도 있었고, 젊은 시인들의 시들이 무기력과 무능감을 토로하는 것으로 여겨지기도 했다. 물론 그러한 악조건을 딛고서도 시라는 예술을 붙잡고 끊임없이 자신의 시를 만들어 낸 시인들이 있었으니 그런 시인들 가운데 우리는 황인찬과 송승언 같은 시인들을 기억할 수 있고, 또 이영광과 송경동 같은 시인들을 떠올릴 수 있다. 이들의 시적 경향이 사뭇 다름은 금세 알 수 있는 사실이지만 2010년대를 대표하는 시인들로 이들을 드는 데 반대하는 사람들이 많지는 않을 것 같다.

이러한 2010년대의 또 다른 시적 분기의 틈 가운데 기혁의 시가 자리하고 있는 셈인데, 그렇다면 기혁의 시는 어떻게 이해될 수 있을까. 첫 시집에 해설을 부친 평론가 조재룡도 기혁의 시가 잡힐 듯 잡히지 않는다면서 그의 시가 지닌 모호함을 지적한 바 있다. 명민하고 성실한 비평가도 한달음에 그의 시를 포착할 수 없었으니 기혁의 시란 어떻게 보면 손가락 사이를 빠져나가는 모래처럼 독자들의 감성과 지성을 끊임없이 교란시키는 언어로 구성되어 있다고 보아도 될 것 같다. 이러한 특성은 두 번째 시집인『소피아 로렌의 시간』(문학과지성사, 2018)에서도 계속 이어진다. 우선 이 시집의 표제로 삼기도 한 첫 시를 옮긴다.

이곳은 모래 위에 지어진 집이지만, 방바닥에 스카치테이프를 붙이
면 약간의 현실이 묻어 나온다. 배달 음식을 시켜 먹을 수도 있고 불어
터진 면발을 드미는 배달원에게 주소의 허구성과 결제의 진정성에 대
해 물을 수도 있다. 머리카락을 건지며 국물의 양심에 대해 투덜거리
던 친구, 고데기로 말 수 있는 내용이 생각보다 짧다는 애인을 만날 수
도 있다. 애인을 사랑한다면 약속은 지켜지는 것이 아니라 말려드는
것이라는 생각. 이곳은 모래 위에 지어진 집이지만, 그릇을 내다 놓으
면 정오의 부재를 담을 수도 있고 쌓여 가는 부재를 내려다보며 유년
의 담배 연기를 입에 담을 수도 있다. 한 마리 사막여우가 지나간다면
연기는 약간의 현실보다 수다스러울 것. 일요일의 앞마당을 파면 사람
이나 들짐승의 머리뼈를 볼 수도 있다. 해골에서 전갈이 나올까 봐 불
안하지만, 해골과 전갈 중에 어느 것이 더 무서운지 내 머리는 알지 못
한다. TV 속 미라가 자신의 머리카락에 휘감겨 있고 나는 백 년 뒤 자
랄 머리카락을 꿰뚫는 밤이면 누군가의 현실도 검고 구불거린다. 이곳
은 모래 위에 지어진 집이지만, 모래가 다 흘러내린 2분 57초마다 뒤
집어진다. 당신과 나의 기다림이 처음 천장을 만들었을 때 유리관을
왕복하는 모래가 보였다. 사막여우는 길들이는 것보다 발달시키는 편
이 낫다. 나처럼 아무도 썩지 않은 당신이 사상누각으로 서 있다.

—「소피아 로렌의 시간」 전문

기혁 시의 한 특성이 잘 드러나 있는 위의 시는 새로운 세계를 구
축하려는 시도와 함께 그 세계의 허구성에 대한 비판적 자각이 동시
에 공존함을 보여 준다. 자신이 있는 곳이 "모래 위에 지어진 집"이

어서 언제든 허물어질 수밖에 없는 가공의 공간임을 인정하지만 동시에 어느 정도 실제성이 있음을 "약간의 현실이 묻어 나온다"는 구절로 표현하고자 하는, 이 허망한 기획과 그를 향한 부질없는 노력을 어떻게 파악해야 할 것인가. 삶이 어처구니없는 것으로 가득하기 때문에 상상의 공간을 만들거나 그것에 의존하고, 그러나 그 상상의 근거 없음을 알기에 안타까워하고 절망감을 느끼면서도 자신의 기획에 대한 충실성을 온전히 기하기를 애쓰는 것일까. 아니면 어차피 삶이란 가치 있는 것이 아니라 헛된 것이기에 살 필요가 없다고 하는 것이 아니라 오히려 헛되기 때문에 삶을 이어 간다는 냉소적 이성의 21세기 한국적 변형일까. 나는 세상이 헛된 것을 안다, 그러므로 나는 존재하고 시를 쓴다라고 말이다.

물론 이러한 기획이 실제의 사실과 아무런 관련 없는 상상의 작업일 뿐이라 치부해 버릴 수도 있지만 그럼에도 일말의 현실성이 있음을 감안하지 않을 수 없다. 어떤 면에서는 이 시집 전체가 상상/허구와 실재/현실의 대립이 엮어 올리는 문학적 구성물이라 할 수 있을지 모르겠다. 인용한 부분의 마지막 "나처럼 아무도 썩지 않은 당신이 사상누각으로 서 있다"라는 구절이나 "목적지가 얼어붙은 환승 센터에 가면/당신도, 나도 갈 곳이 있다는 거짓말.//마다가스카르에는 고향이 없다."라는 구절을 보면(「남반구」) 이 시인은 발 딛고 서 있을 공간이나 돌아가야 할 고향 없이 떠돌아다닐 수밖에 없음을 자신의 운명으로 받아들이고 있는지도 모르겠다. 그러나 이 시집 2부와 3부에는 이러한 운명에 대한 원인을 내비치는 것으로 보이는 시들이 자주 보인다. 2부가 청춘의 실의와 절망에 대한 토로라면 3부는 사회적·역사적 인식에 눈뜸을 보여 주는 시편들로 구성되어 있기 때문이다. 이러한 사실을 통해 유추하자면 이 시집은 어떤 면에서는 청춘의 실의와 절망을 사회적·역사적 인식에 눈뜸으로써 새로운 기착지로 향하는 과정에 있는 시집으로 여길 수 있을 것 같다.

"투신율은 올랐으나/사망률은 떨어지는 이상한/부활의 기분"을 토로하면서도 "미켈란젤로의 모세상에 매달린 뿔/구원은 그렇게 온다"라며(「헬보이(Hellboy)」) 기이한 구원에 대한 희망을 지니고 있음을 볼 때 이 시인이 새로운 대지에 대한 꿈을 여전히 지니고 있다고 보아도 무방할 것 같다. 어떤 면에서는 시를 쓰고 또 쓰는 행위란 알 수 없는 해변에 어떻게든 가닿고자 하는 무한한 행위라 해도 되지 않을까. 마침 뒤표지 글에서도 자신의 시 쓰기란 끊임없이 누군가를 부르는 행위이며, 동시에 누군가 나에게 신호를 보내 주기를 간절히 기다리는 행동임을 이야기하였으니, 그에게 시란 멀리 있는 타자에게 가닿고자 하는 간절한 호소라 여겨도 되겠다.

폐허는 왜 무너져 내린 것들인가?
사라지지 못하고
무너져 내린 것들뿐인가?

21세기에도 작두를 탄 무당은 중력을 잊고 뛴다.

사랑을 만나도 허물어지지 말자.
내 슬픔의 척추가 너에게로 다가간다.

—「직립보행」 부분

사랑을 배운다는 건 쓰러지는 기둥에 붙들려 무릎 꿇는 것.
한 생애를 지지대 삼아 균형을 잡아 가는 것.

또 다른 기둥을 만나 지붕을 올리고

서로의 천장을 바라보며 잠들기 위해서,

청춘의 저울질은 그토록 수북이 위태로웠던가.

—「직립보행」부분

이 시집에는 두 편의 「직립보행」이 있다. 누구의 도움도 받지 않고 자신의 힘으로 스스로 서는 행동으로서 "직립보행"에 시인이 특별한 생각을 했던 것 같다. 제 혼자의 힘으로 설 수 있고 걸음을 걸을 수 있는 것, 그리하여 타인의 도움이 없이도 자신의 지성을 활발히 사용할 수 있는 상태로서 계몽을 염두에 두었을 수도 있겠다. 제 몫을 온전히 부여받은 한 개인으로 성장하여 자유로운 행동을 할 수 있으리라는 희망과 동경이 여기에 작용했을 것이다. 하지만 위의 시들은 거기서 좀 더 말한다. 혼자만의 활동에 대해 말하는 데 그치지 않고 타자에게 이르는 과정을, 타자와의 만남이라는 사건에 대한 기대를 드러내기 때문이다.

잔해 위에 잔해가 쌓이고 폐허에 폐허가 덧붙여지는 것이 몰락으로 점철된 우리 삶의 핵심이다. 절망과 좌절이 사회적이고 정치적인 데서 비롯할 수도 있지만 타인과의 만남이 실패한 데서, 사랑이 상실된 데서 비롯할 수도 있다. 그러나 사랑의 상실과 세계의 몰락에도 절망과 좌절에 쉽게 물들지 않고 "너에게로 다가"가는 것, 사랑을 "지지대 삼아 균형을 잡아 가는 것"이 폐허와도 같은 현실을 견딜 수 있게 해 주는 유일한 방법이 아닌가. 타자는 아직 너무나 멀리 있고 나의 교신에 전혀 답할 것 같지 않지만 그럼에도 끊임없이 신호를 전송하는 것, 오로지 그러한 행동을 통해 희망과 구원은 도착한다. 희망은 멀리서 오고 구원은 오로지 도래할 것으로 남아 있음으로써만 의미를 지니기 때문이다. 절망한 자들이 간절히 희망을 바라고, 파멸한 자들이 절실하게 구원을 기도하는 것처럼 슬픔과 위태로움을 견디는 시인에게, 그리고 그의 시를 읽고 공감하는 우리에게 멀지 않아 희망과 구원이 기어코 찾아올 것이다. (2019)

시를 새로이, 무대 위에 올리기
—이영재 시집 『나는 되어 가는 기분이다』(창비, 2020)에 부쳐

언어의 한계, 세계의 한계

나의 언어의 한계가 곧 나의 세계의 한계라고 누군가는 말했다는데, 제 생각과 느낌을 언어로 표현하면서 어려움을 겪어 보지 않은 사람은 아무도 없을 것 같다. 어느 날 아침 눈을 떴을 때 느껴지는 신성한 생명력을 어떻게 말로 다 표현할 수 있는가. 쏟아지는 햇살, 따뜻한 기운, 지저귀는 새소리. 자연이 선사하는 놀라움과 아름다움을 어떻게 표현할지 몰라 우리는 자주 입을 다문다. 그리고 하루의 일을 끝내고 가족이 기다리는 집으로 돌아가는 길의 안도감을 도대체 어떻게 다 표현할 수 있는가. 편안함과 아늑함으로는 이루 다 말할 수 없는 것들이 걸음걸이에 스며든다. 일상적이거나 일상적이지 않거나, 우리는 언어로 차마 다 표현할 수 없는 사태에 자주 직면한다. 어쩌면 언어란, 표현의 한계를 뼈아프게 깨치게 하는 매개이자 수단인지도 모르겠다.

그런데 언어가 아무리 우리의 경험과 사유를 표현하는 데 한계가 있다고 하더라도, 언어 말고 무엇으로 우리의 생각을 전달할 수 있는가. 인간을 언어적 동물이라 부르는 데는 소통의 수단과 사유의 매개가 언어라는 사실에 그 이유가 있겠지만 언어는 소통과 전달의 가능성과 한계를 동시에 보여 주는 지표이기도 하다.

인간은 언어라는 수단을 통해 타자와 관계 맺으며 세계 속에 존재한다. 그러나 타자는 어떻게 언어로 다 수용하고 표현할 수 있는가. 타자는 끊임없이 언어의 범위와 한계로부터 벗어나고 그럼으로써 인간의 지성과 인식 능력을 끊임없이 물음에 부친다. 타자는 언어라는 인간의 활동을 통해 완전히 장악되거나 표현될 수 없는 근본적인 불가능성을 알려 주는 지표이다. 타자의 세계는 무한하지만, 언어의 세계는, 언어로 표상하거나 재현할 수 있는 세계는 유한하다. 그러니 부족하기만 한, 이 언어라는 수단을 통해 생각과 느낌을 표현하고 전달할 수밖에 없는 것, 이것이 언어를 사용하는 인간이 마땅히 겪어야 할 운명이라고 해야겠다.

자신이 사용하는 수단의 한계를 일상적으로 느끼면서도 그 한계를 극복하려 하는 것, 이것이 시인이나 예술가의 일이다. 시인은 언어를, 화가는 물감과 캔버스를 넘어, 보통 사람들은 좀처럼 표현하지 못하는 무언가를 표현하기 위해 애쓴다. 그들이 전달하고자 하는 바를 우리가 온전히 다 알 수는 없겠지만, 그럼에도 그들의 목소리에 귀 기울이다 보면 그들의 메시지를 조금은 눈치챌 수 있지 않을까. 그래서 우리의 언어가, 우리의 세계가 한계를 넘어갈 수 있지 않을까.

겹치고 엮이며 존재하는 것들

이영재의 첫 시집 『나는 되어 가는 기분이다』에 묶인 시들을 읽으며 우선 드는 생각은 언어의 한계와 가능성에 관한 것이었다. 한 명의 예술가가 새로이 태어나기 위해서는 자신만의 방법을 고안해 내야겠지만, 언어를 수단으로 삼는 시인이라면 마땅히 언어에 대해 고민하지 않았을 리 없다. 그가 건네는 말에도 다른 시인과 작가의 그것과는 구별되는 무언가 있을 것이다. 마침 그 첫 시부터가 이러하다.

> 검정에 고인 열에 손을 대 본다
> 평소에는 꽃들이 웃자라 있고 언덕이 높아지거나 모난 바위가 자연스럽다
> 개미들이 평소를 이쪽에서
> 저쪽으로 옮겨 두었다
> 평소였던 자리에서 불에 덴 것 같은 샤먼과 볼을 맞댄다
> 절절한 소문이 무성해서
> 불편한 나비들이 몰려와 아름다워졌다
> 나는 계단 깎는 일을 하는 사람이었습니다
> 땅의 깊은 온기,
> 흰검정

—「흰검정」 전문

도입부의 "검정"도 그렇지만 끝부분에 등장하는 "흰검정"이 과연 무엇을 의미하는지 쉽게 알 수 없다. 어떤 사물이 희거나 검을 수는 있어도 희면서 동시에 검을 수는 없는 일이기 때문이다. 이것이며 동시에 저것일 수 없다는 논리학의 규칙은 모순적인 것들의 공존을 허용하지 않는다. 그러나 다시 생각해 보면, 이것이며 저것이고, 저

것이며 이것인 경우가 우리의 삶에는 얼마나 많은가. 논리의 세계가 아닌, 실제의 세계에서는 어떤 사물이 단 하나의 특성만을 지니지는 않기 때문이다. 우리에게 인간적인 것과 동물적인 것이, 남성적인 것과 여성적인 것이 동시에 스며 있는 것처럼 사물들도 서로 조금씩 섞여 있거나 겹쳐 있다.

그런 의미에서 "흰검정"이란 흰색과 검은색의, 상호 모순되는 것들이 서로 넘나들고 겹쳐 있음을 보여 주는 사례로 봐도 될 것 같다. 그런데 흰 것과 검은 것이 섞여 새로이 만들어진 "흰검정"을 "땅의 깊은 온기"로도 불렀으니, 이것을 태초의 혼돈을 그대로 간직한 대지로 읽을 수도 있겠다. 그렇다면 시집을 여는 서시로서, 카오스를 시적으로 표현했다고도 할 수 있지 않을까.

자체의 고유한 특징을 배타적으로만 지니고서는 변화가 가능하지 않나. 모순되고 대립되는 깃들이, 그리고 서로 다른 것들이 겹치고 얽힐 때에만 비로소 새로운 것이 만들어진다. 다른 것 없이 순수한 상태에 머물러서는, 타자와의 만남을 거부해서는 새로운 관계가, 새로운 생성이 가능할 리 없다. 오히려 엮이고 섞여야 비로소 다름이 가능하다.

이영재의 시에는 논리의 질서로 환원되지 않는 어떤 결여와 초과가 동시에 기록되어 있다. 일상적인 경험과 논리의 눈으로 보면 무언가 부족하거나 이상하다고 생각되지만, 다른 관점에서 보면 논리와 현실의 질서를 넘쳐나는 과잉이기도 하다.

문장은 욕망의 한 방향에 놓여 있다고 본다 뭐, 생각도 별반 다르지
않다
어쩌면 욕망은, 욕망의 반대를 향해 있는 것 같다고 언뜻

생각하지 않고자 노력한다
사랑을 하고
비켜나고, 사랑을 하고
합리화하고

(중략)

나는
내게서 비롯되는 문장들을 참아 낼 수 있다 착각 속이기 때문에 암
묵적으로
문장마저 착각 중이기 때문에
문장이 적히도록 방치하거나, 방치된 채 길어지는 문장을 넘어뜨리
면서

결국 욕망은
여기를 향해 봐야 저기로 도착하고 만다 나는 무엇도 바라거나 기대
한 적이 없다 이미 저기에 모두가 모두와 함께 있고 만다 웃지 않는 표
정으로
웃으며

핑계는 참으로 아름답고 바쁘며 길기까지 하다 될 필요가 없는 사랑
마저
되고 만다
암묵적 욕망 때문이다

—「암묵」부분

"문장"과 "욕망"과 "생각"은 모두 "한 방향에 놓여 있다". 아니면 그 반대라고 해도 상관없다. 생각하는 대로, 또 욕망하는 대로 문장이 쓰이기도 하지만 동시에 생각과 욕망과는 반대로, 혹은 다르게 문장이 쓰이기도 하기 때문이다. 그러나 문장과 욕망과 생각이 상호연관 아래 있다는 것만은 변함없는 사실이다. 그 구체적인 사정은 때마다 다르겠지만 욕망과 생각은 문장으로 표현되고, 표현된 문장은 욕망과 생각에 영향을 끼친다.

그러나 욕망과 생각은 기존의 법과 질서에 어긋나 다른 곳으로 향하기 마련이다. 욕망은 "여기를 향해 봐야 저기로 도착하고 만다". 생각하지 않는 곳에서 존재하고, 존재하지 않는 곳에서 생각한다고 하지 않던가. 모든 문장이 "착각 속"에 있다고 할 수 없겠지만 욕망과 생각은 법과 질서를 넘어 어딘가로 향한다. "될 필요가 없는 사랑마저" 되는 방향으로 움직이는 것은 모두 "암묵적 욕망" 때문이다.

문을 닫으면
소리가 멈추고 키스를 하던 혀들이 멈추고
방아쇠를 당기던 손가락이 멈춘다

다시 한번 문을 닫으면
나는 서 있다

문 너머에 대해
문 너머에 있는 괄호가
쓴다

나는 어느 문도

열거나 닫을

자격이 없다 내가 서 있던 자리에

결코 같지 않은 자세로

공백을 집어삼킨 공백 사이를

걷는 괄호

과연 문은 필요한 적이 있었나 가능성의

가능성을 향해

문을 문이 아닌 문으로서

다시 읽을 수 있을까

적을 수 없는 너머의

너머를 위해

—「위하여」 전문

    "문을 닫으면" 모든 것이 멈춘다. "소리"도, "키스를 하던 혀들"도, "방아쇠를 당기던 손가락"도. 닫힌 문은 소통을 허용하지 않고, 그래서 어떠한 움직임도 불가능하게 한다. 문은 이쪽과 저쪽을 나누는 경계로써 작용하지만, 닫혀 있던 문이 다시 열리면, 문은 새로운 가능성의 공간이 되고 새로운 연결의 통로가 된다. 문을 열면 비로소 문 너머로 길이 열리고 시야가 트인다. 문은 단절과 폐쇄의 기호이기도 하지만 연결과 가능성의 상징이기도 하다. 문에서 열림을 볼 것인가, 닫힘을 볼 것인가.

"문 너머"에, 문 너머의 저쪽에 무엇이 있을지, 문의 이쪽에 있는 이는 알 수 없다. 다만 상상할 수 있을 뿐. 그러니 거기에 "공백"이나 "괄호"라는 이름을 붙일 수도 있겠다. 문 너머에는 문 너머의 사정과 규칙이 있기 마련이다. 그러나 문이 열리면 문 너머는 단지 너머에 있는 것으로 머무르지 않는다. 닫혀 있던 문이 열리면 문은 통로가 되어 이쪽과 저쪽을 잇는 역할을 한다. 지금까지 닫힘이었던 것이 이제 열림과 개방의 의미를 띠기 시작한다. 그래서 "가능성의/가능성을 향해" 움직이고, "적을 수 없는 너머의/너머를 위해" 운동한다.

자연스러운 일이다 건물을 올리며 세 명이 더 죽었다
자연스러운 일이다

관리자의 관리자의 관리자는
일곱이면 선방이라고 생각했다 7은 모나미 볼펜을 한 번도 안 떼고 그릴 수 있는 형태다

청사진처럼

벽돌을 짊어진 젊은이는 아직
젊다
젊어서, 위험수당을 받으면서도 일곱 안에 포함된 사람과 같은 솥의 밥을 퍼먹었으면서도 괜찮을 거라 생각한다 절뚝대는 무릎마저 배운 대로
배워 온 대로, 두려움을 인내할 줄 안다

회복의 반대편으로, 계단이 될 허공을 오르는 저 젊은이는 차근차근 젊어서,

젊음이 소모되지 않아서 오랜 교육으로 축조된 희망과 기대가 아직 소모되지 않아서

견고한,

저 크레인은 휘어지지 않아야 한다 새롭게 태어난 연골이 피동적으로 단단해진다 저 크레인은 휘어지지 않을 것이다 누군가 행복하다면 누군가 불행해야 해서

일곱을 인유한 젊은이가 7의 균형을 휘청,

건물은 위보다 위를 오른다 자연스러운 일이다

—「청사진」 부분

"건물을 올리며" 네 명이 죽고, "세 명이 더 죽"은 곳에서 과연 무엇이 의미 있다고 할 수 있을까. 사람이 몇 명 죽든 "관리자의 관리자의 관리자"는 "일곱이면 선방"이라 말하는 곳에서 사람의 목숨이 중요하다거나 사람이 먼저라는 말은 구두선(口頭禪)으로밖에는 여겨지지 않는다. 바로 옆에서 누가 죽어 가도 자신의 목숨을 유지할 수만 있으면 그뿐, 타인의 고통이나 생명은 안중에도 없어 보인다. "벽돌을 짊어진 젊은이"는 "위험수당을 받"고 일하면서도 자신만은 "괜찮을 거"라고 생각하며 "배워 온 대로, 두려움을 인내할 줄" 안다. 젊은이는 젊어서, "회복의 반대편으로, 계단이 될 허공을 오르"기만 할 뿐, 계단 아래 계단 이외의 삶이란 관심 밖이다. "희망과 기대"마

저 "오랜 교육으로 축조"했으니 그를 비난할 것만도 아니겠다. 건물은 계속해서 위로 치닫고, 이미 있는 "위보다 위를 오"르는 것도 자연스러운 일로 받아들여지기 때문이다.

그러나 비극과 참사가 끊이지 않는 이곳의 삶을, 다만 "누군가 행복하다면 누군가 불행"할 수밖에 없는 일이라며 내버려 뒤도 될까. 죽은 이들은 말이 없으니 살아남은 이들이라도 비루한 삶을 계속 이어 가야 할까. 오래 교육받은 대로 적당한 희망과 기대로 연명해도 되는 것일까. 아니다. 그렇지 않다. 시인이 이 "청사진"으로 새로이 그리려 한 것은 그러한 것이 아닐 것이다. 오히려 죽음으로 가득한 '지금, 여기'를 물음에 부치기 위해 이 시에 "청사진"이라는 이름을 붙였을 것이다. 그리하여 죽음을 새로이 묻고, 삶이란 어떠해야 하는지 묻고 싶었을 것이다.

산다는 것은 육체적·물리적 생존만을 의미할 수 없다. 말이 욕망을 벗어나고, 욕망은 말을 벗어나 어딘가로 향한다고 시인 스스로 말하지 않았던가. 시인은 이 시를 통해 삶과 죽음의 문제를, 단순한 생존과 살아남기의 문제로 환원할 수 없음을 침묵의 목소리로 웅변한다. 그리하여 무엇이 정의로운 것이고 무엇이 정의롭지 않은 것인지 말한다. 정의의 문제를, 정의가 없다고 한탄하기 위해서가 아니라, 그래서 정의를 죽은 이들의 몫으로 한정함으로써 '지금, 이곳'에는 정의가 없음을 이야기하기 위해서가 아니라 오히려 정의가 필수 불가결함을 말한다.

살아남기란 그저 생존을 위한 것이 아니라 존재와 비존재의 이분법적 대립을 넘어, 그 대립 위에 있는 삶을 위한 것이다. 그리하여 죽은 이들을 애도함으로써 살아남은 이들을 달래는 것이 아니라 죽은 이들뿐 아니라 아직 태어나지 않은 이들에게까지도 이어질 무언가를 끊임없이 환기하는 것이다. 뒤틀린 세월, 어긋나 버린 시간을 제대로 돌려놓기 위한 명령, 이것을 자신의 과제와 소명으로 받아들이는 이들만이 책임을 자신의 몫으로 받아들인다(시인은 일련의 시편을 통해, 특히 동창의 죽음에 죄책감을 지니게 된 사정을 이야기한 「이 사과는 없다」에서 이와 관련해 말한다).

자연스런 야만

자연스런 야만, 그리고

오랜 행군, 평지에 늘어선 병사들은 죽음이 제한돼 있다

낡고 건강한 땅, 오랜 아해는 잘못된 폭력이었기에 아이로 정정된다

잘 익은 사과와 서정, 낮잠과 하품, 시냇물의 부끄러움과 붉은 성찰, 조용한 묵념, 도취와 환대와 도취, 역시 환대, 역시 도취

건강한 순응, 자연스레 아름다움은 기억된다
그리고
돌이킨다는 것,

이곳은 땅이었던 언덕이다 아름답지 않은 것은 마땅히, 다시 기억될 필요가 있다
—「서정에 대하여」 전문

서정에 대한, 혹은 시에 대한 생각을 밝힌 이 시에서 시인은 서정이 "자연스런 야만"이 아닌지 묻는다. 대상에 대한 적절한 거리 조정과 유지를 통해 세계에 대한 깨침을 얻게 되면 그것이 시나 문학이 줄 수 있는 최대한의 효용이라는 오래된 관습에 일침을 가하고 싶었던 것일까. "건강한 순응"과 "자연스레 아름다움은 기억된다"라는 구절은 이러한 추측을 가능하게 한다. 그러나 아름다움뿐만 아니라 "아름답지 않은 것은 마땅히, 다시 기억될 필요가 있다"는 마지막 구절에 이르면 시인의 생각이 단순히 기존의 생각에 부정적인 판단을 가하는 것은 아니겠다는 생각을 하게 된다. 보기 좋고 아름다운 것을 기억하는 것은 자연스런 인간의 반응이지만 동시에 아름답지 않은 것을 기억하는 것도 인간이 해야 할 일이다. 특히나 마지막 행에 쉼표를 붙이고 "마땅히"를 부기한 데는 이러한 의도가 들어 있는 것이 아닐까.

시는 아름다운 것만이 아니라 아름답지 않은 것도 노래한다. 우리의 삶이 아름답기만 한 것이 아니라 아름답지 않기도 한 것처럼 말이다. 어찌 아름다움만으로 삶과 시가 구성될 수 있겠는가. 아름답지 않은 것이 있어야 아름다움이 가치를 얻게 되는 것처럼 시도 시 아닌 것이 있어야 비로소 가치를 지니게 된다. 그런 까닭에 시와 비시(非詩)는 서로 엮이고 짜이며 새로운 시로 탄생한다.

우리가 연 가능성

이영재의 첫 시집을 읽는 독자들은 투명하면서도 모호한 언어의 배열에서 자주 길을 잃을지도 모르겠다. 삶의 구체성에 뿌리를 둔 일련의 작품들은 세상에 뿌리를 내리고자 하는 이들의 힘겨운 고투를 다루어 자못 정서적 감염력이 크다. 등단작 「주방장은 쓴다」는 생계를 책임져야 하는 젊은 세대의 막막함을 그리며 동시에 시인으로 새로이 태어나고자 하는 젊은 예술가의 간절한 바람을 인상적으로 보여 주었다. 「검은 돌의 촉감」이나 「임상연구센터」와 같이 3부의 앞부분에 배치된 시편들은 사회 현실이나 시대에 대한 알레고리를 담고 있어 힘겨운 과정을 거쳐야 하는 삶의 팍팍함을 만나게 해 주었다. 이러한 특성을 되새기다 보면 이영재의 시가 어디에서 비롯하는지 조금은 눈치챌 수 있을 것 같다. 언어의 한계를 탐험하며 새로운 언어에 대한 추구가 한쪽에 있다면 자신의 세대가 경험하는 삶의 문제에 대한 뚜렷한 인식이 다른 한쪽에 있다는 것. 그런 의미에서 잠정적으로나마 이영재의 시적 사유의 핵심이 언어와 실존에 대한 집중에 있다고 할 수 있겠다.

　모든 것이 논리적 질서 안에서 조화를 유지할 때 세계는 평화롭다. 그러나 거기에 새로운 가능성은 없다. 기존의 법과 질서에 균열이 생길 때 비로소 시가, 사랑이 발생한다. 정해진 시와 사랑이 아니라 다른 시와 사랑도 가능하다는 것, 그것이 바로 이영재가 말하는, "우리가 연 가능성"이다(「미지」). 우리가 연 가능성이 앞으로 우리가 열어 나갈 새로운 시와 사랑의 가능성이 된다. (2020)

제3부

환멸과 동경
—김남호의 시에 부쳐

시인의 운명

　한 편의 시에는 어김없이 땀과 눈물과 슬픔과 고통이 서려 있기 마련이다. 어린 시절 우연히 놓쳐 버린 무언가에 대한 애틋한 그리움이, 그때는 몰랐으나 지나 보니 잘못한 일에 대한 뉘우침이, 자신의 삶에 대한 진지한 고민과 성찰이, 그리고 나와 내 이웃의 삶에 대한 관심이 드러나거나 감추어진 방법으로 시의 활자와 여백에 새겨져 있는 것이다. 누군들 그리움과 뉘우침과 반성이 없겠냐마는, 그럼에도 자신이 겪은 일을 기어이 한 편의 시로 짓기에 이르는 사람은 흔치 않다. 자신의 일을 소설로 엮으면 대하소설이라고 말하는 사람도, 한 편의 아름다운 시를 쓰기 위해 청춘의 밤을 숱하게 지새웠다는 사람도 모두 펜을 잡으면 백색의 공포 앞에 아무런 저항 없이 투항하고 만다. 자신이 겪은 일을 말하지 못하면 도저히 배겨 낼 수 없는 어떤 간절함 같은 것이 있어 누군가는 시를 써야 하는 것일까. 특히나 불혹이라는 나이를 지나서도 도저히 표현하지 않으면 안

될 어떤 것이 누군가에게는 있는 것일까.

김남호 시인이 펴낸 두 권의 시집 『링 위의 돼지』(천년의시작, 2009)
와 『고래의 편두통』(천년의시작, 2013)과 그가 보내 준, 시집 출간 이후
의 시를 읽으며 이러한 생각에 잠시 젖어 들었다. 수학 교사로서 자
신의 본분을 충실히 이행하고 있음에도 평안하고 안온한 삶으로도
충족되지 않는 무언가가 있는 것일까. 그의 시를 통해 추측하건대,
가족사가 그렇게 순탄치만은 않았던 것 같다. 그 가운데 우선 한 편
을 읽는다.

> 둥근 종소리가 저녁 강을 건너오면
> 어머니는 동그랗게 등을 말고 이름을 쓰네
> 밀린 숙제를 하듯이 방바닥에 엎드려
> 이름을 쓰네 연필 끝에 침을 묻혀
> 오래전에 죽은 형들의 이름을 쓰네
> 두 살 때 죽은 여섯 살 때 죽은 마흔일곱에
> 죽은 형들의 이름을 차례로 쓰네
> 어쩌자고 저들을 불러오는가, 나는
> 귀를 틀어막고 종소리를 온몸으로 밀어내네
> 천 근의 종소리는 끄떡도 않고
> 느릿느릿 강을 건너오고
> 돌을 갓 지난 형과 초등학교도 안 들어간 형과
> 오십을 바라보는 형이 차례차례 강을 건너오고
> 어둠이 출렁이는 방바닥에 엎드려 어머니는
> 느릿느릿 또 이름 하나를 쓰네 한 자 한 자
> 또박또박 침으로 쓰네 나도 처음 보는

내 이름을 쓰네

　　　　　　　　　　　—「만종」(『고래의 편두통』) 전문

　　형제 가운데 몇은 먼저 떠나보내야 했던 이 집안의 내력을 우리로
서는 알 방법이 없다. 그러나 오랜 시간이 지났음에도 이길 수 없는
고통을 되새기는 이 집안의 슬픔은 충분히 짐작하고도 남음이 있다.
일찍 세상을 떠난 자식들의 이름을 써 보는 어머니의 마음은 어떠한
것이며, 또 그것을 지켜보는 살아남은 동생의 마음은 도대체 어떤
것일까. "돌을 갓 지난 형과 초등학교도 안 들어간 형과/오십을 바
라보는 형"의 죽음에 무슨 이유가 있었던 것인지 알 수 없으나 그럼
에도 살아남은 자들은 거기서 무언가 제 삶에 동기가 될 만한 최소
한의 의미는 찾고자 하였을 터이다.

　　저물 무렵, 자식을 앞세운 어머니가 그들의 이름을 하나씩 적어
보는 행동은 그들의 삶을 잊지 않으려는 애타는 몸짓이다. 아니 어
떻게 해도 잊히지 않는 자식들의 삶이 어머니로 하여금 그렇게 하도
록 하였을 것이다. 그렇게 함으로써 제 수명을 다하지 못한 자식의
원혼을 달래고 그럼으로써 스스로 삶의 에너지를 그나마 얻을 수 있
었을 터이다. 그런데 먼저 죽은 자들의 원혼을 달래고 산 자들을 위
로하는 것처럼 보이는 이 시는 조금은 익숙하지 않은 변화에 다다른
다. 어머니가 쓰는 글자가 "나도 처음 보는/내 이름"이라는 것. 먼저
죽은 이들의 이름을 떠올려 보는 것이 오래된 금기를 거스르는 것이
어서 처음 본다고 할 수도 있겠고, 살아남은 자의 목숨이 죽은 자의
목숨에 빚지고 있다는 의미여서 새로 쓰는 이름이 내 이름이라 할
수도 있겠다. 어떤 의미에서든 이 구절이 위의 시를 다시 읽게 만드
는 핵심이다.

산 자는 죽은 자에 대한 부채 의식과 앞으로 살아가야 할 삶에 대한 책임감을 동시에 느낀다. 왜 내가 살아남았는가라는 물음이 부채 의식을 가지게 한다면, 먼저 간 이들의 몫까지 살아야 하지 않는가라는 물음이 책임감을 가지게 한다. 누구에게도 양도할 수 없는 나의 죽음이 나를 나로 살게 하는 것이 아니라 타인의 죽음이 비로소 나를 나로 살게 하는 것이다. 타인의 죽음을 경험하며 마침내 본래적인 삶이 무엇인지 물을 수 있게 된다. 그러니 죽음으로 미리 달려감으로써가 아니라(하이데거식의 선구적 결의성(Vorlaufende Entschlossenheit)이 아니라) 타인의 죽음을 나의 책임으로 떠맡음으로써 마침내 나는 인간으로 태어나는 것이 아닌가. 참으로 인간다운 삶이란 그저 있음이 아니라 타인에 눈뜨고 거듭 깨어나는 삶이다. 한 개인의 비극적 가족사가 존재론적 지평 위에서 보편적인 의미를 띠게 되는 것은 이러한 깨침을 얻은 다음에서야 비로소 가능한 것이다.

한 명의 시인이 탄생하는 데 무엇이 필요한지 알 수 있는 방법은 어디에도 없다. 하늘이 부여한 천부적인 재능 덕분인지, 삶의 굽이굽이에서 만나게 되는 피할 수 없는 비극 때문인지, 아니면 그 무엇도 아닌 단지 우연에 의한 것인지. 그러나 부채 의식과 책임감이 그로 하여금 새로운 운명을 깨치게 하는 데 어느 정도의 영향은 끼치지 않았을까.

누추한 일상, 고귀한 이념

그 그림책을 펼치면 배가 고프고
채워질 것 같지 않은 허기가 첫 페이지부터 몰려오고
몰려오는 허기 중 앞쪽의 싱싱한 허기부터 잘라먹고

잘라먹다 보면 토막토막 잘려진 철길이 줄지어 오고

아무리 둘러봐도 주저앉아 쉴 만한 그늘은 보이지 않고

철길은 상한 엿가락처럼 시커멓게 휘어져 있고

어머니는 팥죽 같은 땀을 흘리며 터널 쪽으로 달려가고

터널이 어머니를 허겁지겁 허겁지겁 삼키고 있고

비지땀을 흘리며 꿀꺽, 삼키고 있고

어머니가 이고 있던 목화솜 보따리만 뭉게구름처럼 떠 있고

솜을 타야 하는데, 저걸 타야 누나가 시집가는데

열차 바퀴가 솜을 타고 있고

칙칙폭폭 칙칙폭폭 기차가 누나를 걸터타고 있고

누나는 돌아앉아 울고 있고…… 죽어 버릴 거야!

죽여 버릴 거야, 나는 돌멩이를 집어 들고 터널로 달려가고

기차는 누나를 싣고 저만치 가고 있고

비켜라 애야, 철길은 위험하단다!

어머니는 기관차를 몰고 캄캄하게 달려가고

거기는 길이 아니에요, 거기는 가려던 길이 아니에요

거기는 누나를 데리고 가려던 길이 아니에요, 어머니

아니다, 여자 길은 가는 길이 가려던 길이란다

너는 왔던 길을 되돌아가거라, 애야

왔던 길은 이미 기차가 싣고 가 버렸고

길이 있던 자리에는 찢겨진 구름이 흩어져 있고

먹다 버린 흙 묻은 구름이 흩어져 있고

나는 구름을 한 점 한 점 아껴 먹으며 집으로 가고 있고

누나도 없는 빈집으로 가고 있고

배고픈 그림책을 혼자 펼치고

　책의 첫 페이지부터 "채워질 것 같지 않은 허기"로 가득한 "그림책"은 가난한 어린 시절을 담고 있어 좀처럼 다시 펼치고 싶지 않은 책이다. 궁핍이 일상이 된 가정에서 무엇인들 제대로 이루어질 수 있었겠는가. 한 집안의 슬픈 내력이 새겨져 있는 이 시에는 딸을 중심으로 한 이야기가 펼쳐진다. "솜을 타야 하는데, 저걸 타야 누나가 시집가는데"라는 구절이나 딸을 멀리 보내며 "여자 길은 가는 길이 가려던 길"이라며 애써 담담하게 어린 아들을 타이르는 어머니의 말은 한 가족의 역사뿐 아니라 우리가 얼마 전 지나쳐 온 공동체의 아픈 역사를 함께 담고 있다고 보아도 무방하다. 정상적이거나 평균적인 것과는 전혀 관계없는 사건과 연루되어 누나는 어딘가로 사라지고(필경 가난이 이유가 되어 팔려 가듯 시집을 간 것으로 보인다) 어린아이가 "누나도 없는 빈집"으로 돌아가 "배고픈 그림책을 혼자 펼치"는 정황은 쓸쓸하기 그지없는 그것이다. 여성에 대한, 누나에 대한 그리움은 첫 번째 시집의 서두를 여는 시에서부터 확인되는 것이기도 하다.

누나가 담벽에
커다란 자지를 그려 놓고
삭둑, 삭둑, 가위로
잘랐습니다

나는 두 개의
바퀴뿐인 자전거를 타고
누나 앞을

지나갔습니다

—「시네마 천국」(『링 위의 돼지』) 전문

성적 판타지가 배면에서 작동하면서도 그에 대한 풍자와 비판까지 담겨 있는 이 작품은 김남호의 시적 세계에 대한 하나의 이정표처럼 보인다. 영화나 소설에 대한 참조와 누나에 대한 간절한 그리움, 그리고 성적 판타지에 대한 거리 두기 등을 들 수 있겠다. 인접 예술 작품에 대한 끊임없는 참조는 일상으로부터 탈출할 수 있는 계기를 제공하였을 터이고, 누나로 대변되는 이상적이고 영원한 존재에 대한 동경은 거기에 촉매와 같은 역할을 하였을 터이다. 그리고 성적 판타지를 가로지르는 상상력은 항상적인 금기를 자각하게 하는 요인일 뿐 아니라 동시에 그 금기를 위반하고자 하는 근원적인 욕망을 부추기는 자극이 되기도 하였을 것이다. 어떤 면에서는 이러한 세 꼭짓점 사이에서 운동하며 새로운 변곡점을 찾고자 하는 것이 그의 시적 편력이라 할 수 있겠다.

채변 봉투 같은 시간이
노랗게 몰려온다

오래된 내 환후는 오늘 아침 똥 속에 있다

수학책을 펼치자
구린내가 진동한다 나는,
기약분수보다 안전하다

안전해진 자들의 모습으로 줄지어 앉아 있는

항아리마다

변비 걸린 두꺼비가 산다

이 장독대에는 숨을 곳이 없다

청소기가 들숨을 멈춘 자리에

반쯤 먹히다 만

내가 있다

　　　　　—「자장면은 왜 들숨의 힘으로 먹는가?」(『링 위의 돼지』) 전문

　시인의 가면 없는 맨얼굴이 드러나 있는 위의 시에는 교사로서 일상적이고 평균적인 삶을 이어 가는 시인의 모습이 담겨 있다. 교과서를 펼치고 학생을 가르치는 교사의 생활이 우리네 그것과 차이 나는 것이 그다지 많지는 않을 것이다. 일하고 그에 대한 대가로 임금을 받아 생활할 터이니 나날의 노동을 이어 나가는 우리의 삶과 무엇이 다를 것인가. 직장에서는 상사와 동료의 응시에, 집에서는 배우자와 아이들의 요구에 쫓겨 살다 본래의 모습을 잃어버리는 것, 이것이 자본주의 사회 노동자의 평균적인 일상 아닌가. 인간은 누구나 도처에서 응시와 요구를 겪고 견디며 나이 들어간다. 그러나 그런 일상으로부터 벗어나려는 욕망을 가지지 않는 이 또 누구인가. "구린내가 진동"하는 상황 속에서도 자신이 "기약분수보다 안전하다"고 말할 수 있는 자는 자신을 지극히도 혐오하는 자이며, 동시에 자신의 본래적 삶에 대한 도저한 욕망을 지니고 있는 자이다. 인간은 본래적 삶에 대한 동경 없이 어떻게 하루라도 삶을 견딜 수 있는

가. 그러니 자신을 학대할 수 있는 자는 자신에 대한 애정을 충분히 가지고 있는 자이다. "반쯤 먹히다 만" 자신에 대한 냉정한 판단이 좀 더 고귀한 이념에 대한 동경으로 그를 인도할 것이다.

운명애(Amor Fati), 이것이 우리를 자유롭게 하리라

울퉁불퉁한 편두통은 기압골을 타고 오지
높이 솟은 굴뚝은 잇몸이 부실해서
북풍이 부는 쪽으로 이빨을 뱉는다지

고래가 막힌 바다는 냉골이고
실버 선장은 껌을 짝짝 씹으면서
해치를 열어 놓고 고래를 검색하지
쿨룩쿨룩 터져 나오는 기침 사이로
나타났다 사라지는 순간의 고래들

(중략)

고래를 따라가다가 선장은 탕진되고
고래는 탕진되려고 선장을 따라가지
작살을 삼키거나 작살을 토하면서
어금니를 깨물고 펜잘을 먹으면서

저리 끌려가거나 저기 끌려오는 것이
고래거나 선장이거나

이빨 빠진 백상아리거나

두 번째 시집의 표제를 가져온 위의 시는 김남호 시의 한 변곡점을 보여 준다. 새로운 욕망으로, 알 수 없는 대지로 가고자 하는 의욕을 보여 주고 있기 때문이다.

우리가 익히 아는 대로 멜빌의 이야기는 도저히 그 크기를 알 수 없는 고래를 잡으려는 한 선장의 탐험담이자 복수극이다. 그러나 이 이야기는 단순한 탐험과 복수를 넘어선다. 결국에는 죽음으로 끝날 터이지만 안간힘을 다해 삶을 사는 것이 우리의 권리이자 의무인 것처럼 뱃사람의 행동에도 자신의 존재 한계를 뛰어넘고자 하는 도전이 있기 때문이다. '이것이 나의 운명이었더냐, 그렇다면 다시 한번'을 외치며 자신의 운명을 사랑하는 자의 강인한 용기가 여기에 작용하는 것이다. 한계에 대한 깨침이 절망이 아니라 새로운 용기로 이어지게 하는 것, 이것이 우리의 과제이다.

새로운 욕망으로 끊임없이 자신을 개방하는 이의 행로는 어떤 것이 될까. 늙어서도 영원히 젊은 고래의 도약처럼 운명을 긍정하는 이의 움직임에는 경계와 한계가 없을 것이다.

그 작살을 한 번만 꽂아 다오
골목을 가득 채우던 내 푸른 몸뚱어리
네 창 밑에 다가가 꽝, 꽝, 꽝,
열두 번째 지느러미로 두드리면
벌렁거리는 심장으로
나를 향해 꼬느던 너의 그 작살

다시 한번만 나에게 꽂아 다오

죽을힘을 다해 죽을 듯이

그때처럼 내 심장에 꽂아 다오

그러면 나는 마지막으로 솟구쳐 올라

지금껏 헤엄쳐 온 내 모든 골목들 뒤져

스무 살 적 그 이빨을 보여 주마

핏빛 물보라 사이로 노을처럼 무너지며

살짝, 네게만 보여 주마!

—「늙은 고래의 노래」(『고래의 편두통』) 전문

(2014)

이 궁핍한 시대에 무엇을 위한 시와 시인인가
―『먼 길을 움직인다』와『물고기에게 배우다』를 통해 본 맹문재
시의 한 여정

시란 무엇이며, 시인이란 어떤 존재인가

21세기에도 시가 존재할 수 있다면, 그리고 시를 쓰는 사람이 있
다면, 과연 어떤 의미를 지닐 수 있을까. 언제 생겨났는지도 모른 채
오래도록 생명을 이어 온 시라는 장르가 첨단과 혁신이 난무하는 이
세기에도 살아남아 있다는 것이 어쩌면 기적인지도 모른다. 그럼에
도 어김없이 시인은 탄생하고, 끊임없이 시는 쓰인다. 과연 얼마나
많은 사람들이 아직도 시를 읽을 것인가. 시의 시대는 이미 오래전
에 사라졌고, 영화의 시대마저 지나갔으며, 이제는 무슨 새로운 이
름의 시대가 왔다는데, 구시대의 유물처럼 낡은 시를 짓기 위해 언
어를 매만지는 이들은 과연 누구인가. 지난 연대에 시는 무기였고,
창이었고, 그래서 힘이 될 수 있었다지만, 이제 시는 암호를 해독할
수 있는 비밀결사대만의 소유물이 된 듯하다. 보편성은 잊어버린 채
특수성만 추구하여 시의 독자는 다만 시를 쓰는 이들이나 시를 비평
하는 이들밖에 남지 않은 듯한 오늘의 한국에서 시란 과연 어떤 의

미를 지닐 수 있을까.

맹문재의 시들을 읽다 이러한 물음에 이르렀다. 1991년에 등단하여 20여 년에 걸쳐 시작을 이어 오고 있는 시인의 흔적을 따라 읽으며, '지금, 여기'에서 시란 무엇이며, 시인이란 어떤 존재인가라는 물음을 던지지 않을 수 없었다.

네 권의 시집을 낸 중견 시인이자, 꼼꼼히 시를 읽는 비평가이며, 한국 현대시의 심층을 탐사하는 문학사가이자, 다수의 잡지를 기획했고 또 기획하고 있는 출판 기획자이며 편집 주간이기도 한 맹문재를 어떤 면에서 바라보는가에 따라 그에 대한 글의 행로는 달라질 수밖에 없다. 그럼에도 이 모든 활동의 근저에 시가 있음을 부정할 이는 아무도 없을 것이다. 그러니 시인으로서 그를 살피는 작업이 그의 시적 여정 초반에 초점을 맞추는 것은 지극히 당연한 일이다. 그런데 여기서 하나의 물음은 시의 시대가 저물 무렵 시인으로 등장하여, 아직도 그 시절의 물음을 강인하게 유지하고 있는 맹문재의 시가 과연 오늘에 어떤 의미를 지니는가 하는 것이다. 지나치게 풍요롭지만 오히려 그래서 궁핍한 이 시대에 과연 시란, 그리고 시인이란 존재는 어떤 의미를 지닐 수 있는가.

시의 완성이라는 목표를 향하여

맹문재는 지금껏 모두 네 권의 시집을 냈지만, 이들 사이에 눈에 띄는 변화가 발견되는 것은 아니다. 다채로운 변화보다 시의 완성이라는 하나의 목표를 향해 시를 써 온 까닭이다. 그 자신 가난한 가계 탓에 힘든 편력을 거쳐 왔으나 그럼에도 시라는 물음을 한시도 저버린 적은 없었다. 그의 시는 가난과 궁핍으로 인해 우리의 삶이 피폐해질 수밖에 없음을 경고하고, 그리하여 우리에게 필요한 것이 무엇인지를 일깨우며, 이를 통해 새로운 삶에 대해 노래한다. 물론 그가 바라는 삶이란, 우리가 익히 알고 있는 것이어서 낡은 것처럼 여겨질지 모르나, 오히려 그런 까닭에 우리의 기억과 무의식의 심층에 호소한다. 우리의 귀를 울리고 감성을 건드리며 마침내 타성에 젖은 우리의 정신에 둔중한 충격을 가한다. 거칠지만 정직한 첫 시집 『먼 길을 움직인다』(실천문학사, 1996)의 한 작품을 옮긴다.

수평선은 바르다
곧은 자세이다
곧은 자세로 힘을 내고 있다
옳은 힘을 내고 있다

걸러 낼 것은 걸러 내고
지울 것은 지우고
밀어낼 것은 밀어내고 있다

곧은 자세만이 소리를 낸다
온몸으로 외쳐 적을 내몬다

곧은 자세만이 포용한다
큰 가슴으로 적을 안는다

수평선은 바르다
곧은 자세이다
곧은 소리를 하고 있다

마치 김수영의 「폭포」를 읽는 듯한 기분에 젖어 들게 하는 위의 시에서 맹문재는 자신의 시적 지향을 밝힌다. 솔직하고 정직한 그의 언어는 에두르지 않고 당당하게 핵심으로 진격한다. 부드러움이 강함을 이긴다는 노자의 말이 세상사에 대한 역설적 깨우침이라면, 곧음이 부드러움을 이긴다는 말은 이미 일상화된 역설에 대한 다시 생각하기이며, 그리하여 그 근거에서부터 사태를 되짚어 보는 물음이다. 이 시가 어떤 정황에 대해 이야기하고 있는지는 명확하지 않으나 수평선의 "곧은 자세만이 소리를 낸다"는 구절은 정의에 대한, 올바름에 대한 요청이자 호소로 보아도 무방하다. 이러한 요청과 호소는 부재와 결핍의 방증이니 이 무렵 시인이 처한 상황을 전혀 추측하지 못할 바도 아니다. 정의란, 올바름이란 현재에는 있지 않은 것을 요구하고, 그리하여 현재를 초월할 것을 요청하기 때문이다. 아직 오지 않았으나 언젠가는 와야 할 것에 대한 강렬한 바람이 여기에 담겨 있다.

곧은 자세가 만드는 곧은 소리가 "온몸으로 외쳐 적을 내"몰기도 하지만 결국에는 "큰 가슴으로 적을 안는다"는 데 이르면 맹문재의 궁극적 관심이 어디에 있는지 드러난다. 적대와 증오보다 사랑과 관대와 배려에 그의 시학의 핵심이 있는 것이다. 있는 것은 대립과 갈등뿐일지라도 그러한 어긋남이 오히려 화합과 조화에 대한 꿈을 어렴풋이 가리키지 않는가. 어그러짐과 뒤틀림은 그래서 오히려 이미 사라져 버려 자취를 감춘 듯 여겨지는 조화를 이곳에 불러온다. 이제는 존재하지 않는 것처럼 보이는 것들이 우리의 의식 저편 너머에서 호출되는 것이다. 곧은 소리가 그것들을 이곳으로 도래하게 만든다.

그 자신 "공돌이라는 불안한 간판" 때문에 사랑하는 사람과 헤어지며 "가난이 죄라는 사실"을 한탄하고(「털, 그 부끄러움에 대한 기억」), "십 년이 넘는 객지 생활에서 아직 내 집이 없는 가난"이 대물림될까 두려워하기도 했지만(「대싸리」) 그럼에도 맹문재는 자신의 궁핍을 적대와 증오보다는 자신의 삶을 바꾸고 이 세상을 좀 더 낫게 만들 수 있는 힘으로 삼을 줄 알았다. 물론 자본과 국가의 폭력에 대한 분노가 그의 시에 없었던 것은 아니지만 그럴 때에도 그는 그것을 좀 더 큰 사랑으로 감싸 안을 수 있었다. 불의에 항거하다 목숨을 잃은 이들을 생각하며 "마석 모란공원의 안내판에 나를 비춘다/너도 저럴 수 있느냐?"고(「반성」) 끊임없이 자기 성찰을 이어 가던 그에게 중요한 것은 자신을 바꾸며 세상을 바꾸는 것이었지, 세상을 바꾸는 것이 먼저이지는 않았다. 어떤 의미에서는 무력함의 표시일 수도 있으나 또 다른 의미에서는 지극히 정직한 고백이자 반성이라 하지 않을 수 없다. 어쩌면 반성은 힘겹던 시절 맹문재를 견딜 수 있게 해 준 힘이었을지도 모르겠다.

바퀴는 정직하다
어느 바큇살 하나 꾀부리지 않고
있는 힘 다해 제 길을 간다
진창이 있어도
목 노리는 칼날이 있어도
두려워 않고 간다

굴러가는 바퀴를 보고 있으면
주춤거린 나의 세월도

용서된다
바퀴처럼 향할 용기가 아직은
남아 있기 때문이다

—「바퀴」전문

"정직"하게 "꾀부리지 않고/있는 힘 다해 제 길"을 가는 것, 그 과정에서 제 목숨을 위협하는 "칼날이 있어도" 자신에게 주어진 길을 가는 것, 이것이 바퀴의 운명이자 윤리이다. 바퀴는 그런 역할과 소명을 다할 때 비로소 바퀴로 불릴 수 있는 것이다. 이것은 동시에 인간에 대한 한 비유이기도 하다. 인간의 인간됨은 어디 멀리 있는 것이 아니라 그에게 부여된 소명을 다하는 데 있기 때문이다. 정직하게 "굴러가는 바퀴"를 보며 다시 한번 반성의 계기로 삼는 이에게 "바퀴처럼 향할 용기"는 그의 삶을 이끌어 갈 중요한 이정표이자 나침반이 된다.

그는 정직과 관대의 기율이 이끄는 대로 시의 길을 걸어왔지만, 여기에 고향에 대한 그리움이, 기원에 대한 회상이 작용하지 않은 것은 아니다. 도래할 것에 대한 기대에서 비롯하였을 정직과 관대가, 그리고 지난 것에 대한 그리움과 회상이 한데 모여 그의 시를 이루고 있는 것이다. 첫 시집의 표제를 가져왔을 시를 옮긴다.

그러나 길은 먼 데서 시작된다
누구나 먼 길에서부터 바위를 굴릴 수 있고
도랑물 소리 들을 수 있다
정기적금 첫 회분을 부을 수 있고
못난 친구들과 잔 돌릴 수 있고 심지어

노동시의 슬픔도 읽을 수 있다

새벽에 나서는 설 귀향길
그리움이 먼 길을 움직인다
—「그리움이 먼 길을 움직인다」 부분

그가 가는 길은 "먼 데서 시작된" 만큼 먼 데까지 이어질 것이다. 그러나 그리움이 움직이는 이 길이 결국 그에게 가야 할 곳도 일러 주지 않았을까. 그가 그동안 써 둔 시들이, 그리고 앞으로 써 나갈 시들이 이러한 물음에 답하기에 충분하다.

길 없음과 길 만들기 사이에서

두 번째 시집 『물고기에게 배우다』(실천문학사, 2002)는 맹문재의 물음과 시선이 한층 깊어지고 넓어졌음을 보여 준다. 여전히 그는 자본에 억압받는 이 땅의 민중에 대한 공감과 연민을 아끼지 않았지만 동시에 좀 더 나은 미래에 대한 전망을 한층 더 견고히 하고자 하였다. 간절히 소망하면 그 소망을 닮는다 하지 않던가. 고통스러운 삶을 견디면서도 다른 미래에 대한 꿈을 간절히 꾸다 보면 그 꿈이 '지금, 이곳'에 도래할 날이 오게 될 것이다.

물론 이 시집에 실린 시들에는 천박한 천민자본주의에 대한 분노와 경멸이 어김없이 새겨져 있다. 우리네 삶을 돌아보면 모두 고통과 상처뿐이지만 그렇다고 할 수 있는 것이 아파하는 것밖에 없는 것은 아니다. 삶은 길 없는 길이어서 알 수 없는 길이고, 사막 속의 사막이어서 심연의 사막이지만 끊임없이 방황하며 나아가는 것이 또한 우리의 일이 아닌가. 이 시집에서 가장 빼어난 시가 마침 이에 대해 노래한다.

> 개울가에서 아픈 몸 데리고 있다가
> 무심히 보는 물속
> 살아온 울타리에 익숙한지
> 물고기들은 돌덩이에 부딪히는 불상사 한번 없이
> 제 길을 간다
> 멈춰 서서 구경도 하고
> 눈치 보지 않고 입 벌려 배를 채우기도 하고
> 유유히 간다
> 길은 어디에도 없는데
> 쉬지 않고 길을 내고
> 낸 길은 또 미련을 두지 않고 지운다
> 즐기면서 길을 내고 낸 길을 버리는 물고기들에게
> 나는 배운다
> 약한 자의 발자국을 믿는다면서
> 슬픈 그림자를 자꾸 눕히지 않는가
> 물고기들이 무수히 지나갔지만
> 발자국 하나 남지 않은 저 무한한 광장에
> 나는 들어선다
>
> —「물고기에 배우다」 전문

절묘한 비유도 없이, 기상천외한 발상도 없이 시인은 말한다. 그러나 일상적 언어로 말해진 그의 시에는 삶의 놀라운 진실이 담겨 있다. 진리나 진실이란 암호나 비밀처럼 소수에게 전수되는 것이 아니란 듯이 담담하게 읊조리는 그의 말에는 당연하지만 오히려 그래서 유심히 살펴야 할 것이 있다. 언제나 그러하듯 우리가 깨치는 진리란 알고 보면 이미 익히 들었던 것 아닌가.

길 없음과 길 만들기 사이에서 시인은 흔들린다. 삶이란 알 수 있는 것보다 알 수 없는 것이 훨씬 더 많은 법이니 바람이 불면 금세 사라지는 사막의 길처럼 이미 알고 있던 것들도 순식간에 흔적도 없이 사라져 버리는 것이 우리의 삶이다. 그러나 생각해 보면 사막에 길이 언제부터 있었던 것일까. 아니 사막에 길이란 것이 애초부터 있기나 했던 것일까. 사막에는 길도 없지만, 그렇다고 길 아닌 것도 아무것도 없지 않은가. 어쩌면 애초부터 길이란 없음으로 있는 것이었는지 모른다.

인간이 사막에서 길을 내고 길을 만드는 것처럼 물고기도 물속에서 길을 내고 길을 만든다. 애써 낸 길에 미련을 두지 않는 물고기는 "즐기면서 길을 내고 낸 길을 버"린다. 어디에도 집착하지 않으니 자유로움을 얻을 수 있는 것이다. 시인은 물고기의 어디에도 얽매이지 않음에서 약자에 대한 연민과 공감을 발견하며 "발자국 하나 남지 않은 저 무한한 광장에" 들어선다. 그 자유자재한 무한의 광장에서 만났을 한 그루의 나무에 비해 인간의 시는 얼마나 무가치한 것인가. 그 나무에 바치는 다음의 시는 인간이 보내는 최고의 찬사와 다르지 않다.

나의 시가
한 그루의 나무만큼만 살았으면 좋겠네

플라스틱 스티로폼 시멘트 말고

소나무 참나무 느티나무처럼 창창하게

살았으면 좋겠네

나의 시가 발표되기 위해서는

수십 년은 살았을 한 그루의 나무가

베어질 것이네

그 나무만큼의 나의 시가

사람들의 가슴에 들어찼으면 좋겠네

살아가는 동안

사람들을 이끌어 주는 안경이 되고

신발이 되고

부엌칼이 되었으면 좋겠네

나의 시가

한 그루의 나무만큼만 살았으면 좋겠네

—「한 그루의 나무를 위하여」 전문

시라는 영원한 물음

하이데거는 횔덜린을 따라 궁핍한 시대를, 떠나 버린 신들과 도래하는 신 사이의 시대로, 이중의 결함과 무(無) 가운데 놓여 있는 시대로 여겼다. 신적이고 신성한 것이 더 이상 존재하지 않고, 아직은 오지 않은 위기를 자기 시대의 특징으로 삼은 것이다. 그러나 위험이 있는 곳에 구원 또한 자란다고 했던 이도 하이데거-횔덜린이 아니었던가. 지나간 것은 이미 사라져 버렸고 도래할 것은 아직 오지 않은 이중 결핍의 시대, 물질적인 풍요는 하늘을 찌르고, 정신적 공허함은 바닥을 뚫을 정도의 시대, 즉각적인 반응을 제공하는 표피적인 문화가 창궐하고 정신적 성숙과 고양을 견인할 심층의 문화는 자취를 감추어 가는 시대. 여기서 시란 어떤 일을 떠맡을 수 있는가. 그리고 시인은, 이 궁핍한 시대에 시인은 무엇을 해야 할 것인가. 맹문재의 늦은 듯하지만 둔중한 물음을 듣고 생각하지 않을 수 없는 물음이다. 그것은 그의 시가 요즘 한국 시단의 분위기와 사뭇 다른 것처럼 여겨져서이고, 또 그래서 그의 시가 이미 지난 연대의 어떤 특성과 닿아 있는 듯 여겨져서이다. 어떤 의미에서는 그런 까닭에 시라는 장르의 존재론적 지위를 근본에서부터 묻고 있는 것이 그의 시라고 해도 지나친 말은 아닐 것이다. (2013)

시적 낭만주의의 한 행로
— 전윤호 시집 『늦은 인사』에 부쳐

한 편의 시가 탄생하는 데는 무엇이 필요할까. 새로운 언어, 놀라운 비유, 기상천외한 발상, 그리고 그러한 것들을 모두 아우를 수 있는 뛰어난 직관과 통찰력과 같은 것들이 필요할지 모른다. 시란 시인이 쓰는 것이니 시인이 어떻게 그러한 표현과 생각에 가닿게 되었는지를 살피지 않을 수 없다. 어떤 감정의 소용돌이에 휩싸였기에 그는 잠자코 있지 않고 무언가를 말해야만 했을까. 무엇이 그로 하여금 시라는 말하기의 양식을 빌리게 하였을까. 도대체 무엇 때문에 그는 단어와 조사와 어휘를 고르는 수고를 아끼지 않은 것일까. 그리하여 그가 결국 말하려고 한 것은 과연 무엇일까.

직장 상사의 비난이, 동료의 시샘과 질투가, 아니면 퇴근 후 가족의 무관심이 그에게 어떻게 해도 해소되지 않을 허전함을 주었을 수도 있겠다. 언젠가부터 어긋나기 시작한 삶의 행로가 그를 괴롭혔을 수도 있겠다. 아니면 근원적인 결핍이 그를 책상 앞으로 인도했을지도 모를 일이다. 그럴 것도 없이 마냥 삶에 대해 회의적인 생각이 들어 책 사이를 산책하며 공상을 즐겼을 수도 있겠고, 옛 기억을 떠올리며 희미한 미소를 띠었을 수도 있겠다. 한국이라는 첨단적이지만 동시에 천민적인 자본주의 사회에서 하루하루를 견디기란 쉽지 않았을 터이니, 그도 다른 것을 상상하고 다른 곳에 가고 싶었으리라고 추측하는 것이 지나치지는 않을 것이다.

나날의 구체적인 삶에서 길어 올린 명쾌하고도 분명한 언어로 기록된 전윤호의 신작 시집 『늦은 인사』(실천문학사, 2013)를 접하고 앞선 시집에까지 관심을 기울이며 읽다 보니 자본주의 사회의 일상을 살며 시를 쓰는 시인의 초상이 눈앞에 그려진다. 낮에는 직장에서 일하고, 밤에는 시간을 쪼개어 언어를 매만지는 시인에게 일상은 환멸과 권태의 연속이었을 터이고, 그래서 어쩌면 좀 더 근원적인 것에 대한 동경을 지니게 되었던 것은 아닐까.

전윤호가 시적 여정을 시작하던 1990년대 초반은 아직 1980년대의 사회·역사적 상상력이 강한 영향력을 발휘하고 있어서였는지, 첫 시집 『이제 아내는 나를 사랑하지 않는다』에는 도시의 변두리 삶을 살아가는 이들에 대한 공감과 연민의 정서가 뚜렷하게 배어 있다. 첫 시집인 까닭에, 혹은 당시의 시대적 분위기 탓에 투박하지만 질박한 삶에 대한 애정 어린 시선을 도처에서 확인할 수 있다. 이를테면 "위성도시로 가는 전철에서/손잡이에 매달려 내일자 조간을 읽는 남자"는 그 자신의 모습과 다르지 않겠고(「신문 보는 남자」), "임대아파트"에 살며 "매달 관리비와 임대료를 내는 주민들"처럼 세상의 중심에서 벗어나 있는 이들은 그가 매일 만나게 되는 삶의 군상일 터이다(「우리 아파트 관리소장」). 일용할 양식을 얻기 위해 하루치의 노동을 다하고도 편안한 휴식을 취하지 못한 이들의 삶에서 "수상한 눈빛 조심스런 발소리가/사방에서 죄어들고 있는/여기는 타국"이라는 한탄과 분노는 자연스럽게 발생하는 것이니(「불법 체류자」), 때로 "내게 세상은 늘 적지의 링이었다/매수된 심판과/내가 쓰러지는 것을 기다리는 관중들만 가득했다"는 독백을 하게 되는 것도 전혀 예상하지 못할 것이 아니다(「펀치 드렁크」). 농경사회의 후예이지만 도시로 떠밀려 와서 어쩔 수 없이 도시의 삶을 살아야 했던 그들은 모두 자신이 사는 곳을 낯선 곳이라 여길 수밖에 없었고, 고향보다 더 오래 산 곳을 타향으로 받아들일 수밖에 없었다. 타향에 살며 유년 시절의 기억과는 동떨어진 채 하루하루 열심히 살아간다 해도 기어코 채워지지 않는 무언가가 삶을 서글프게 만들었을 것이다. 하지만 그러한 것들이 동시에 삶을 지탱할 수 있는 원기를 제공했다고도 할 수 있지 않을까. 변화란, 혁명이란 구두선(口頭禪)에 가까운 말들이고 삶의 현장에선 좀체 발견할 수 없는 것이니 어떻게 해도 일상의 고단함은 사라지지 않겠지만, 그럼에도 나날의 구체적인 노동 덕분에 내일에 대한 희망을 얻게 되었다고 한다면 과장일까.

두 번째 시집 『순수의 시대』(하문사, 2001)부터 전윤호는 자신의 시적 전략을 좀 더 분명히 한 것으로 보인다. 우선 이 시집의 첫 시 「도원읍」은 눈여겨볼 만하다. 이 작품이 그의 이후 시작에서 중요한 의미를 띠게 되는 근원에 대한, 기원에 대한 동경을 단적으로 보여 주기 때문이다. 물론 그가 말하는 도원이란 상상의 장소이며, 그래서 다분히 알레고리적으로 받아들여지기에 시적 긴장이나 미학적 완성도에서 아쉬움이 없지 않으나 그럼에도 자신의 시적 지향에 대한 분명한 자의식을 가지고 있음은 기억해 두어야 할 덕목이다. 그는 이 시를 통해 도원에서 "아라리 한 소절로 남고 싶다"는 간절한 바람을 노래하였지만, 사실 이러한 바람은 애초부터 달성될 수 없는 것이었다. 상상이란 상상으로 남을 때 얼마나 허망한 것인가. 상상이 상상이 아닐 수 있기 위해서 얼마나 험난한 고투가 예비되어 있는지를 모를 이는 어디에도 없을 것이다. 시인 또한 이러한 자명한 이치를 이미 잘 알고 있었던 까닭에 자신이 언제든 떠날 수 있음에 대해서 말했을 터이다. "소중한 건/고삐를 잡는 힘이다 나는/언제라도 출발할 수 있다"고 말하는 이가 갈 수 없는 곳이, 하지 못할 것이 무엇이 겠는가(「떠날 때 1」). "거리 곳곳에서 반란의 기미기 풍기는 화약 냄새를 맡는" 그가 갈 곳은(「내 마음의 쿠르드족 2」), 어떤 의미에서는 충분히 예상 가능한 것이었다 해도 과언이 아니다.

도시의 변두리 삶을 지나 마침내 도달한 곳, 그곳은 두 번째 시집부터 언뜻 비치던 도원이었다. 그러나 이것이 꿈속에서만 존재하는 낙원일 수 없는 것은 다시 말할 필요조차 없겠다. 도원이 마음속에만 남을 때 그것은 한낱 유희에 불과할 뿐 어떠한 의미도 지닐 수 없기 때문이다. 상상 속의 도원을 허물고, 현실 속에 새로이 구축할 수 있을 때 비로소 도원은 의미를 지닐 수 있는 것이 아닌가. 그러나 도원을 도원으로 만드는 것은 또한 얼마나 힘겨운 노동인가. 『늦은 인사』의 2부에 도원에 대한 자신의 생각을 써 두었지만 우선 첫 번째 시를 읽어 본다.

여울에 앉아
낚싯대를 잡고 있다
물살에 떠다닌 내 생애가
찌에 얹혀 있다
우수수 옥수수 머리를 밟으며
푸른 바람이 자꾸 지나간다
손으로 전해 오는

나를 끌고 가는 시간의 묵직함

좀 더 기다려야 하리라

나는 이 밤을 바쳤지만

메기는 일생을 걸고 있다

—「메기 낚시」 전문

서시처럼 작용하는 이 시는 삶에 대한 알레고리로 비치기도 하면서 자신의 지나온 이력과 앞으로 나아갈 방향을 핵심적으로 이야기한다. "메기 낚시"이니 마땅히 메기를 잡는 것이 목적이겠으나, 사실 메기를 낚지 못한다 해도 크게 이상할 것 같지는 않다. 아니 오히려 메기를 낚지 않는 것이 더 중요하다 할 수 있을까. 메기 낚시를 준비하며, 메기 낚시를 위해 "여울에 앉아" 있는 동안 실로 중요한 것은 이미 모두 깨쳤기 때문이다. "낚싯대를 잡고 있"는 동안 자신을 지나치는 "푸른 바람"을 느끼며 자신을 끌고 가는 "시간의 묵직함"을 이미 알아챘고, 자신은 "이 밤을 바쳤지만/메기는 일생을 걸고 있"음을 알게 된 것이다. 그러니 메기 낚시는 삶을 대하는 태도에 대한 하나의 실마리로 받아들여진다.

새로운 시집에도 앞선 시집에서 보이던 특성이 산재해 있으나 이 시집에서 가장 눈에 띄는 것은 무엇보다도 도원에 대한 시인의 생각이 좀 더 구체화된다는 점이다. 말 자체에서 짐작할 수 있는 대로, 도원은 낭만적인 동경에서 비롯한 것이다. 파편과 잔해일 뿐인 일상에 대한 환멸과 권태가 그로 하여금 완전한 기원에 대해 관심을 가지게 하였을까. 그러나 근원에 대한 동경은 동전의 양면과도 같은 것. 현실을 비판하고 돌파할 수 있도록 해 주는 에너지가 될 때 그것은 엄청난 파괴력을 지니지만, 마냥 고통을 잊기 위한 수단으로 작용할 때 그것은 이성을 마비시키는 마약과도 같은 것이 될 뿐이다. 근원에 대한 향수와 욕망이 삶을 움직이는 중요한 동력이 되기 위해서는, 그리고 새로운 도원을 '지금, 여기'에 가능하게 하기 위해서는 무엇이 필요할 것인가.

신작 시집을 통해서 보자면 전윤호는 원형의 순간에 대한 자신의 해석과 판단을 정교히 하는 데 좀 더 집중하고 있는 듯하다. 도원의 유래와 내력에 대한 이야기를 만들어 자신만의 도원을 구축하고자 하는 것이다. 그러나 새로운 유래담이나 내력을 둘러싼 진기한 이야기가 얼마만큼의 파급력을 지닐지 아직은 알 수 없다.

이 시집에서 겉으로 드러난 것과 달리 또 하나 눈길을 끄는 것은 자신의 유년 시절을 가끔씩 드러내는 부분이다. 지나간 것은 모두 아름답다고 여기는 우리의 상식과는 다르게 그의 유년 시절에 대한 회고에는 어딘지 모를 쓸쓸함과 허전함이 있다. 어떤 면에서는 시를 통해 우리가 공감하게 되는 것이 이러한 부분에 있는지도 모른다. 삶을 이끄는 동력은 아는 것이기보다는 모르는 것에, 그리고 아득히 멀리 있는 것에 좀 더 가깝기 때문이다. 알 수 없는 어떤 것이 이끄는 대로 자신을 내어놓고 내버려 두는 내맡김을 통해 우리가 결국 가닿을 곳은 어디인가. 전윤호는 스스로 "악착같이 일어나라고/물을 마시고/근육을 주무"르며(「하프타임」) 자신을 억압하는 자본주의 일상을 가장 구체적인 데서부터 겪고 견디며 앞으로 나아간다. 그러한 삶의 구체성에 뿌리박고 있기에 그의 시가 나아갈 길이 허황된 데 있지 않다고 확신할 수 있는 것이다. 그는 "수천 년 전부터 텅 비어 있던/성인들의 무덤과/어차피 공정할 수 없는/인간의 제도에 대해/우주에서 바라본 지구처럼/터무니없이 사소한/시를 쓴다"고 했지만(「사소한 시인」) 그가 써내고 있는 시가 결코 무시할 수 없는 깊이와 통찰력을 보여 주고 있음은 이 시집에 실려 있는 시편들이 충분히 증명하고도 남는다.

전윤호는 누군가의 남편으로, 또 누군가의 아버지로 살아가는, 이제 인생의 절반을 막 건너서는 시인이어서(「사소한 시인」에서 그는 이러한 사정을 꾸밈없이 충분히 감동적으로 말하였다) 가끔 지난 시절을 떠올리며 때로 회한에 젖기도 하지만 결코 절망과 좌절에 빠지지 않고 새로운 희망을 품고 놀라운 비약을 위한 준비를 하고 있다. 그런 의미에서 이 시집의 마지막에 실려 있으며 동시에 표제작인 「늦은 인사」는 새로운 출발을 위한 터 닦기라고 해도 지나친 말은 아니겠다. 스스로 나이 듦을 인정하며 자신의 기원에서부터 무언가 다른 것을 마련하고 있는 듯 보이기 때문이다. 이 시의 끝부분을 인용한다.

가는 사람은 가는 사정이 있고
남는 사람은 남는 형편이 있네
더 이상 누군가를 기다리지 않는 나이

잘 가 엄마
아지랑이 하늘하늘 오르는 봄
이제야 미움 없이
인사를 보내

—「늦은 인사」 부분

가고 옴 사이에, 나고 나이 듦 사이에 무어 그리 특별한 사정이 있는 것은 아니겠지만, 그럼에도 거기에 무시할 수 없는 내력이 있는 것은 분명하다. 우리는 앞날에 대해 제대로 알지 못한 채 나이 먹고 늙어 왔다. 그래서 "더 이상 누군가를 기다리지 않는 나이"가 되기도 한 것이다. 하지만 "아지랑이 하늘하늘 오르는 봄"에 "미움 없이/인사를 보내"는 행동에는 기원에 대한 동경과 함께 새로운 에너지를 예비하는 강인한 힘이 내재해 있다. 시인이 이 시를 가장 마지막에 배치한 것은, 일찍 여읜 어머니에 대한 애틋한 그리움을 표시하기 위해서이기도 하겠지만, 동시에 그러한 무의식의 원형으로부터 이제 벗어나려는 발걸음을 내디뎠음을 드러내기 위해서이기도 할 것이다. 이 쉽지 않은 결단이 전윤호 시의 앞날을 비추리라고 예상한다 해도 지나치지는 않을 것 같다. 전윤호는 이제 다시 자신의 새로운 시학의 뿌리를 찾기 위해 긴 여정을 떠나고 있다. (2013)

언어의 성배를 수호하는 기사의 편력
―김언 시집『모두가 움직인다』에 부쳐

　어머니의 몸에서 분리됨으로써가 아니라, 언어를 배우고 사용함으로써 비로소 태어난다고 할 수 있는 인간이 과연 언어로 구축된, 언어의 세계에서 벗어날 수 있는 방법은 도대체 있는 것일까? 어떤 의미에서는 우리가 겪고 견디는 억압이란 언어라는 감옥에서 연유한 것은 아닐까? 무의식은 언어처럼 구조화되어 있다는 누군가의 말을 인용하지 않더라도 우리 무의식의 알 수 없는 저 밑바닥까지도 언어에 의해 규제받고 있음은 이제 누구나 알 수 있는 사실이 되었다. 이미 있는 규칙을 받아들이고, 그것을 체화해야만 겨우 호모 로퀜스로서 인정받게 되는 이 세계에서 그러한 규칙을 어긴다면 어떤 취급을 받게 되는 것일까? 아니 그러한 규칙의 체계로부터 벗어난다는 꿈이 과연 실현 가능한 것일까?

　김언의 시를 읽으며 내도록 드는 질문은 이것이다. 언어로 자신의 생각과 느낌을 전달하는 시인이 언어의 규범으로부터 자유로울 수 있는 방법이란 과연 무엇일까? 언어를 매개로 하는 예술가가 자신의 도구인 언어를 근본적인 수준에서 탐구하지 않을 수 없을 터, 그런 까닭에 진정한 시인이라면 누구나 언어를 문제 삼고, 언어를 자신의 문학적 재판정에 소환할 수밖에 없었음은 충분히 예상 가능한 일이다. 물론 이러한 물음은 김언이라는 한 시인만이 제기하는 물음이 아니라 2000년대 초반의 새로운 흐름을 형성하기 시작한 시인들이 끊임없이 제기한 물음과 연장선에 있다 해야겠으나 김언이 시적 여정을 시작할 무렵부터 최근까지 이러한 근본적인 물음을 한시도 내버려 두지 않고 끊임없이 갱신해 왔음 또한 주지의 사실이다. 이러한 물음을 던지며 그는 비로소 비중 있는 시인으로 탄생했다고도 할 수 있겠다. 그런 의미에서 최근 한국 현대시의 새로운 지형은 언어에 대한 근본적인 물음과 그에 대한 치열한 탐구에서 비로소 가능한 것이라 해도 무방할 것 같다.

자신이 기존 체계의 바깥에 있음을 선언하고(「나는 밖이다」), "물려받은 시는 물려줄 수 없는 시"라고(「아버지와 화분」) 다짐하던 첫 시집 『숨 쉬는 무덤』(천년의시작, 2003)에서부터 김언은 자못 비장하게 자신의 시적 지향을 밝혀 두었다. 시인 선언문이라 할 수 있는 첫 시집의 한 산문에서 그는 "예술이란 죽여야만 존재 가치를 부여받는 양식"이라 말하기도 한 것이다(「불가능한 동격」). 비록 그의 말은 좀 더 화려하게 비상했던 다른 이들의 말에 파묻히는 듯했으나 결코 좌절하지 않고 쉬지 않고 시도하였으니, 마치 골리앗에 저항하는 다윗과 닮았다고 한다면 지나친 말일까. 처음부터 그는 실패할 수밖에 없는 전쟁을 시작했다고 해야 할까. 아니, 실패를 통해서만 비로소 성공할 수 있는 언어의 전쟁을 감행했다고 하는 것이 더 사실에 부합할 수도 있겠다. 언어라는 성배(聖杯)를 수호하는 기사의 편력이 있다면 아마 그것이 김언의 시적 기록일 것이다.

두 번째 시집인 『거인』(랜덤하우스코리아, 2005)에서 김언은 언어적 실험을 더욱 공고히 하는 한편 타자에 대한 관심을 한층 더 강화하였다. 변화나 생성에 대한 관심을 표명한 「거품인간」이나 「돌의 탄생」, 그리고 유령에 대한 관심을 드러낸 「유령—되기」와 같은 작품이 이러한 경향을 대변하는 작품이다. "한쪽은 존재하는 힘으로 한쪽은 불멸하는 힘으로/이미 불멸하고 없는 미래를 향해서 날아"가는 "환멸의 기록"이라고(「불멸의 기록」) 자신의 시작에 대해 간략히 소묘했던 그는 이 시집에서 자신의 문장론을 다음과 같이 요약적으로 제시하기도 했다. "비문에서 문장을 발견한다."(「詩도 아닌 것들이—문장 생각」) 이미 있는 체계 안에서 살 수밖에 없는 것이 인간의 운명이지만 또한 그 한계를 벗어나고자 하는 것이 모든 인간의 욕망이 아닌가. 인간 가운데 인간이 아니기를 바라지 않는 이 도대체 누구인가. 김언의 시적 기록은 한계에 대한 인식과 그 한계를 벗어날 수 있는 가능성에 대한 모색이라 해도 지나친 말은 아니다.

이러한 모색과 시도가 정점에 도달한 것이 『소설을 쓰자』(민음사, 2009)라는 시집이다. 언어가 세계를 구성하는 유일한 원인임을 말하는 데서(물론 첫 시인 「감옥」은 비트겐슈타인식의 화행론에 크게 의지하고 있음은 어렵지 않게 알 수 있다) '사건의 존재론'과 같은 것을 염두에 두고 있었음을 짐작할 수 있다. 이 시집의 해설을 쓴 신형철의 말을 따라 '사건의 시학'으로 이해해도 무방하다. "사건 다음에 문장이 생기는 것이 아니라/문장 다음에 사건이 생긴다"는 구절이 이를 충분히 알게 해 주는데(「이보다 명확한 이유를 본 적이 없다」) 이러한 문장으로 구성된 소설을 쓰는 것, 그리하여 마침내는 "초심으로 돌아가서 길을 잃을 것"이 그가 목표로 삼는 것이었다(「소설을 쓰자」). 그러나 길을 잃는다는 것은 무엇이고, 길을 잃은 다음에는 어떻게 해야 하는가. 김언이 소설을 씀으로써 만들고자 했던 세계란 기존의 어떤 체계로도 환원되지 않는 세계라고밖에는, 언어를 쓰는 나로서는 달리 말할 방법이 없다.

　자아만이 존재하는 유아론(唯我論)의 세계를 벗어나 타자의 세계로 나아가는 것, 그리하여 타자와 함께 새로운 세계를 만들고 그 세계에 참여하는 것, 그리고 언어의 규범 체계에서 벗어나 한없는 자유를 만끽하는 것, 이것이 김언이 시를 통해 말하고자 했고, 또 말하려고 하는 것은 아닐까. 그런 의미에서 그의 시적 방법론은 단지 사건의 존재론이나 사건의 시학이라는 말로는 포괄할 수 없는 것에까지 가닿고자 한다. 이를, 시를 통한 관계론, 혹은 시의 윤리학이라 부를 수 있을까. 나와 너, 주체와 객체, 자아와 타자의 관계를 근본적으로 묻고, 그를 통해 궁극적으로 가닿고자 하는 지점이 윤리학이라는 관점에서 이해될 수 있겠기 때문이다. 범박하게 말해 시집 『모두가 움직인다』(문학과지성사, 2013)의 전체적인 기획이 이러한 관점에서 이해될 수 있을 듯하다. 우선 시집의 첫머리에 있는 시를 옮긴다.

　　나는 혼자서는 쉽게 놀지 않는다. 어딘가에 타인을 만들고 있다.
　　고요하고 거침없이 적을 만든다. 그를 사랑해도 좋다.
　　그와 무엇으로 대화하겠는가.

　　적당한 간격을 두고 위험에 대해
　　아름다움을 말하고 있다.

　　나는 혼자서는 쉽게 취하지 않는다.
　　어딘가에 항상 손님을 만든다. 분노를 만들기 위해

그를 쫓아가도 좋다. 꼭 그만큼의 간격으로

누군가를 방문하고 멱살을 잡는다.
나는 혼자서는 쉽게 풀지 않는다. 어딘가에 꼭 오해를 만들고 있다.

〈〈미학」 전문

그가 전하는 "미학"의 정체가 무엇인지 분명히 알 수는 없으나 그
럼에도 그것이 "혼자"만의 것이 아님은 분명하다. "타인"과 함께 만
드는 것이고, 심지어는 "적"과 함께 만드는 것이라 했으니 말이다.
"고요하고 거침없이 적을 만든다. 그를 사랑해도 좋다."고 했으니,
여기서 적의 모습으로 나타나는 타인이란 타인의 한 극단이라 해도
지나친 말은 아니다. 아마도 그러한 적-타인과 함께 만드는 어떤 것
이 "아름다움"이고 곧 미학의 정체일 터인데, 이것은 또한 "적당한
간격을 두"는 것이며 동시에 "위험"을 자아내는 것이기도 하다. 그
런 의미에서 이 미학이란 아름다움과 위험을 동시에 지니는 것이라
해야겠다. 위험을 통하지 않는 아름다움이란 가치 있는 아름다움이
아닐 것이니 그가 추구하는 미학이 어떤 것인지 어렵지 않게 알 수
있겠다.
　이 시의 두 번째 부분에 이르면 미학을 즐기는 것, 이를테면 미학
의 향유에 대한 이야기가 전개된다. "혼자서는 쉽게 취하지 않"고
"어딘가에 항상 손님을 만"들며 "분노를 만들기"도 하는 것. 이러한
향유란, 아름다움의 경험이 혼자만의 것이 아님을, 그리고 동시에
때로는 적대적인 반응을 불러일으키기도 함을 의미한다. 시인이 이
시의 마지막에 이르러 "어딘가에 꼭 오해를 만들고 있다"고 말한 데
는 그만한 이유가 있는 것이다. 자신이 만들고자 하는 미학에 반대

하는 사람이 있을 수밖에 없고 그리하여 오해를 불러일으킬 수밖에 없음을 이 구절이 의미하고 있으니 말이다. 자신의 시학이 이해되지 않더라도, 오해를 살지라도 아랑곳하지 않겠다는 것이 이 시의 최소한의 전언이라 해야겠다.

이 시간이면 그 도시도 전혀 다른 새벽을 보여 준다.
나의 발걸음도 수상하다. 아무도 없을 때
멀리서 걸어오는 사람이 보였다.
그의 눈에 띄면서 나는 드디어 사람이 되었다.

직전의 영혼은 모두 유령이었다.
누가 발견하기 전 나의 걸음은 어디서도 발견되지 않았다.
나의 보행과 나의 생각과 나의 입김이 그의 눈에서 순간 빛나고
나는 놀란다. 사람이 된 것이다. 아무도 없을 때

나는 어디에도 없었다.
어디에도 없는 나의 보행이 걸어가면서
그를 본다. 멀리서 걸어오는 그를.
한 사람의 윤곽과 어렴풋한 입김을
그 생각을.

멀리서 나를 발견한 그는 가까스로 유령에서 빠져나왔다.
터벅터벅 걸음을 옮기고 있다. 직전의 나처럼.
—「유령 산책」 전문

186

김언이 오래도록 유령에 대해 관심을 가지고 있었음은 그의 시를 읽어 온 독자라면 누구나 알고 있는 사실이다. 앞서 언급했듯 두 번째 시집에서부터 그는 이렇게 말했다. "내가 유령인 것은 중요하지 않아요/내가 어느 시대를 살고 있느냐, 그게 문제겠지요."(「유령-되기」) 유령이란 무엇인가. 유령이란 존재하지 않지만 존재하는 어떤 것, 그래서 존재론이라는 형이상학의 근본 물음을 위태롭게 만드는 어떤 것이 아닌가. 이미 죽었으나 아직 죽지 않고 있는 존재가 곧 유령이니, 유령이란 존재의 가장 극단적인 타자가 아닌가. 그런 의미에서 타자와 더불어 있고자 하는 자는 결국 유령과 대면하게 됨을 인정하지 않을 수 없다. 내가 곧 유령임을 인정하게 되는 것이, 그리고 내가 곧 유령임을 선언하게 되는 것이 유령론이 결국 도달하게 될 단계인 것이다.

　위의 시에서 결국 김언이 이야기하고자 한 것이 이와 다르지 않다. "전혀 다른 새벽을 보여" 주는 시간에 "그의 눈에 띄면서 나는 드디어 사람이 되었다"고 말하는 이는 직전까지는 유령이었을 것이다. "누가 발견하기 전"까지는, "직전의 영혼은 모두 유령"이라는 말은 우리가 유령이라는 사실의 확인 아닌가. 그렇다면 그가 이러한 유령론을 통해 결국 말하고자 한 것은 무언인가.

　이런 물음에 김언은 아마도 이렇게 대답할 것 같다. 그렇게 묻는 것은 당신이 "캔버스만 빼 버려도 그림이 안 된다고 생각하는 평론가"이기 때문이라고(「팔레트」). "일원으로 살 건지 관찰자로 살 건지"(「죽은 지 얼마 안 된 빗방울들의 소설」) 우리는 그에게 대답을 강요하지만 그는 다만 시라는, 최소한이며 동시에 최대한의 자유를 즐기기를 바라는 것이다. 그런 까닭에 그는 "얼마나 많은 방황이 필요하고/얼마나 많은 기술이 필요한가/이런 것들을 잃어버리기 위해서는/지나온 길을 또 지나가기 위해서는"이라고 말했을 터이다(「방황하는 기술」).
끊임없이 어긋나고, 어김없이 실패로 끝나는 시도를 하는 것이 그가
시를 통해 실험하는 것이라 해도 과언은 아니겠다. "나는 항상 실패
한다. 나는 항상 시도한다."고 말하고 있으니 말이다(「나는 항상 실패한
다」). 그런데 그러한 실패와 시도가 겹치는 시점에는 과연 무엇이 일
어날까.

내가 아는 너와
네가 아는 나 사이에
뭐가 지나갔을까
생각하는 사이

무언가가 사라졌다
내가 아는 너와
네가 아는 나는
그게 무얼까

알아차리지 못한다
무엇이 사라졌는지 모르고
서로를 이해한다
내가 아는 너와
네가 아는 나만 남겨 두고

무언가가 사라졌다
사라진 그곳에서

한 사람이 추가되었다
두 사람이 추가되었다
이름도 없이

우리만 남겨 놓았다
내가 아는 너와
네가 아는 나와

좀 전과는 다른
무엇이

—「혁명」 전문

짐작하지도 눈치채지도 못하는 사이 지나간, "좀 전과는 다른/무엇"이 과연 무엇인지 우리는 도무지 알 수 없다. 무엇이 왔는지도, 그리고 무엇이 사라졌는지도 알 수 없기 때문이다. 예민하지 못하고 무감각할 뿐인 우리는 다만 우리에게 주어지는 것을 받아들일 뿐이다. 그러나 시인은 섬광과도 같은 그 순간을 "혁명"이라 부르고자 한다. 이미 이곳에 와 있어 우리가 깨닫지도 못하는 것이지만 또한 언제 사라졌는지도 알 수 없는 것, 그것이 혁명이 아닌가라고 묻는 것이다.

잘 마름질되어 시인의 세련된 솜씨를 보여 주기에 부족함이 없는 이 시는 그런 까닭에 이 시집에서 가장 이채롭게 빛난다. 어쩌면 이러한 짧고 함축적인 언어로 그는 무언가를 말하고자 한 것은 아닐까. "인간을 벗어나지 못했다는 사실 때문에 인간적으로 호소할 수밖에 없다는 사실"과 "문장을 벗어나지 못했다는 사실 때문에 다시 문장에 기대어 쓸 수도 없"음을(「용서」) 뼈아프게 깨치는 이로서 그는 문장 뒤에 숨어 있는 말로써 자신의 의사를 전달하고자 한 것은 아닐까. "순간은 영원을 뇌관으로 타들어 가는 심지"라 말했으니(「빅뱅」), 이 혁명의 순간을 새로운 시가 탄생하는 순간이라 읽을 수도 있을 것 같다.

"우연히 그런 생각을 가지게 되었고/나는 인간을 구원할 생각이 없었다"고 시인은 짐짓 의뭉스럽게 말했지만(「그런 생각」) 이 말을 온전히 믿을 수는 없다. 그가 얼마나 문장을 통해서, 문장을 벗어나는 실험을 해 왔는지를 우리는 익히 알기 때문이다. "낱말이 부족한" 우리의 일상적 삶에서 "문법이 바뀌려면 아직 멀었"지만(「내가 죽고 나서」) 그럼에도 언어를 지키는 기사와도 같은 시인이 있기에 우리의 언어는 조금은 더 자유를 얻을 수 있을 것이다. **(2013)**

먼 곳을 꿈꾸는 이의 운명
—이재훈 시집 『생물학적인 눈물』에 부쳐

생명을 얻고 태어나서 나이 들고 성장하다 결국 늙어 감을 깨치며 죽음에 이르는 것, 이것이 지상의 삶을 이어 가는 이의 운명이다. 누가 무엇을 하고, 또 다른 누군가가 다른 무엇을 하는 데 별달리 특별한 이유 같은 건 없다. 다만 우연이 우리로 하여금 그러한 일에 흥미와 취미를 느끼게 하였고, 또 그러한 일을 생계의 수단으로 삼게 하였다. 누군가는 무엇을 자신의 숙명이자 운명으로, 아니면 천형으로 선언하거나 과장하기도 하겠지만, 지나고 나서 보면 그런 것에 목숨 걸고 애태울 필요가 없었는지도 모른다. 누구나 자신이 원하는 만큼 이루고, 아니면 지나치거나 그렇지 않은 정도로 이루며 살고, 나이 들며 결국 늙어 죽음을 맞이하는 단계에 이르니 말이다. 탄생과 성장과 소멸로 이어지는, 존재의 원환이라는 운명에서 벗어날 수 있는 것은, 생명 있는 것들 가운데는 아무것도 없다. 그러니 변방에서 태어나 중심을 향하다가 거기서 멀어지고 잊히다 결국 사라진다 해서 크게 안타까워할 것도 없다. 다만 내가 기억할 수 있는 것들이 줄어

들고, 나 또한 누군가의 기억 속에서 그렇게 될 것이 조금 섭섭하고 아쉬울 따름이다.

한때 기억의 고향과 원형을 떠올리던 시인도, 먼 곳에서 사라지는 것들에 대해 한없이 안타까워하던 시인도 이제 나이 들고 있음을, 그리하여 멀리서 자신이 망각의 늪에 빠져들고 있음을 깨치기에 이르렀나 보다. 시인의 관심이 외부자나 소수자에게, 그리고 사라지고 말 것들에 향하는 것은 지극히 자연스러운 일이니, 그러한 성향이 짙어졌다 해서 거기에 살을 붙이거나 이유를 굳이 더 찾을 필요는 없겠다. 그러나 몰락하는 것, 그래서 결국에는 소멸과 파멸에 이르고야 마는 것에 애착에 가까운 감정을 느끼게 된 것에 약간의 이야기를 덧붙인다고 해서 전혀 무가치한 일은 아니겠다. 시를 쓰는 이뿐 아니라 시를 읽으며 잠깐이나마 허무와 공허를 견디려는 우리도 모두 결국엔 사라질 수밖에 없는 운명에 처해 있으니 몰락과 소멸에 대해 조금은 길들여질 필요가 있을 테니 말이다.

그런데 곰곰이 생각해 보면 몰락과 소멸로 이끄는 것만큼 우리를 매혹하는 것도 없는 것 같다. 결국에는 우리 모두 사라질 운명에 처해 있다는 사실을 깨치는 순간, 지금 우리가 보고 듣고 느끼는 것들의 찰나를 안타깝게 여기며 사랑할 수밖에 없는 것이 아닌가. 겨우내 죽은 듯 잠들어 있던 나무들이 힘겹게 봉우리를 틔우고 마침내 꽃을 피우는 찰나의 순간이 아름다운 것은 그것들이 건네는 시각적 아름다움과 넘치는 생명의 기운 때문이기도 하겠지만 그 순간이 지나치게 짧아 우리를 안타깝게 하기 때문이기도 할 터이다. 그러니 사라지는 모든 것들은 아름답고, 아름다운 것들은 모두 사라지기 마련이라 해도 지나친 말은 아니겠다.

『내 최초의 말이 사는 부족에 관한 보고서』와 『명왕성 되다』와 『벌레 신화』를 펴내는 동안 이재훈은 기원에 대한 동경과 '지금, 이곳'에 대한 성찰 사이에서 절묘한 균형을 유지하느라 온갖 고투를 마다하지 않았다. 동경이 과거와 미래로 향하고 성찰은 오늘의 현실로 침투하기 마련이니, 동경과 성찰 사이, 그 광막한 사이를 비틀거리면서도 중심을 잃지 않기 위해 애썼다고 해도 무방할 것 같다. 그러나 닿을 수 없는 거리를 주유하느라 얼마나 가쁘게 숨을 몰아쉬었을 것이며, 발 딛고 선 대지의 허약함에 얼마나 위태로움을 느껴야 했을 것인가. 동경이 큰 만큼 성찰은 자신이 디딘 발밑의 지반을 허물기에 충분하고, 성찰이 튼튼한 만큼 동경이 쏘아 올리는 화살은 더 멀리 가닿기 마련이다. 그러니 동경과 성찰은 서로를 양분으로 삼아 성장하는, 한 실체의 두 양태라 해도 지나친 말은 아니겠다.

동경과 성찰 사이, 나아감과 되돌아옴 사이, 희망과 절망 사이, 그 어딘가를 이재훈의 시적 사유는 주유한다. 그 사이 어딘가에서 그가 기우뚱대며 균형을 찾은 기록이 그의 시편들인 셈이겠지만 쓰러짐과 균형 되찾기 사이의 탄력이 그를 시인으로서 살 수 있게 하는 원동력이었을 것이다.

『생물학적인 눈물』(문학동네, 2021)에서도 이재훈의 시적 사유의 토대는 변함이 없다. 아니, 오히려 깊이와 넓이는 그 강도를 더하기에 이른 듯하다.

이른 비가 하늘을 덮는다.
바닥이 납작 엎드린다.
물의 더미에 몸을 맡긴다.
세상 풍조가 살결에 새겨진다.

퍼덕이며 헤엄쳐 본다.

수면 바깥의 풍경을 상상한다.

포유류와 호모사피엔스의 세계.

아가미 잃은 어미가 수면에 떠 있다.

하늘에 속한 사람은 누구일까.

모든 배후에 바람이 있다.

만져야 하고 맡아야 하는 바람이

물속까지 숨을 불어넣는다.

유신론의 시대가 오고 있다.

―「넙치」 전문

시집의 처음을 장식하는 이 시는 곤고한 세파를 온몸으로 돌파하는 한 생활인의 이야기로 읽힌다. 그렇지 않아도 힘든 나날의 삶을 더욱 힘들게 하는 세상살이의 조건들 사이를 "퍼덕이며 헤엄쳐" 가며 자신의 한계를 넘어서는 어떤 초월을 상상하는 것("수면 바깥의 풍경을 상상한다")이 생활에 밀착하면서도 먼 곳에 대한 꿈을 잃지 않는 이들의 방법이다. "하늘"을 상상하고 세상의 "모든 배후"를 유추하면서도 "만져야 하고 맡아야 하는 바람"을 실제로 겪는 이를, 한 눈 뜨고 꿈꾸는 이라 불러야 하지 않을까. 그의 육체는 '지금, 이곳'에 깊숙이 뿌리박혀 있지만, 그의 영혼과 정신은 보통 사람은 볼 수 없는 먼 곳의 어딘가를 보고 있을 터이니 말이다.

꿈을 꿀 수 있다 해도, 사물의 배후를 충분히 짐작할 수 있다 해도 지상의 삶은 언제나 힘들고, 매일 매일의 삶은 아무리 반복되어도 쉽사리 살아 낼 수 있는 것이 아니다. 나날의 곤고와 가난은 우리를 늘 시험에 들게 하고 고난에 빠지게 한다. 삶의 공허와 허무가 만드는 공포가 한쪽에 있다면, 다른 한쪽에는 나날의 삶을 이어 가야 하는 생활의 고통이 있다고 해도 지나친 말은 아니다. 공허와 허무가 필멸의 존재로서 인간이 지불해야 할 세금이라면, 생활의 곤고와 가난은 지상의 행복을 조금이나마 누리려는 인간이 마땅히 지나쳐야 할 관문이다. 그러나 필멸을 이미 깨친 이나 행복을 누리려는 이나 모두 한 존재의 다른 모습이라 할 수 있으니 공허와 곤고는 삶의 현상과 배후를 모두 보려는 이에게 주어지는 선물이자 저주라 할 만하다. 둘 중 하나를 선택하라는 물음에 어느 하나를 선택하는 간편한 답을 제시하지 않고, 둘 다 선택하거나 둘 다 선택하지 않으며, 그리하여 물음에 물음으로 대답함으로써 시인은 어떤 말을 하려고 하는 것일까. 아마도 마지막에 실은 작품이 이에 대해 어느 정도 말하는 것 같다.

　날카롭다. 여기에서 저기로. 저기에서 무한으로. 일면에서 이면으로. 들어가고 나온다. 백면에서 천면으로. 너와 나로. 서로의 얼굴을 반사한다. 당신과 당신의 거기. 거기와 저기로. 침투하고. 삽입한다. 저쪽에서 이쪽으로. 이승에서 저승으로. 어떤 시간에서 저쪽 시간으로. 굴절되어 파편되어. 빛으로 바람으로. 공기로 물로. 과거에서 미래로. 미래에서 현재로. 회귀하는 나. 떠오르는 당신. 현재의 타인. 미래의 타자. 너의 거울. 당신의 거울. 허구와 진실이 허상과 진리가 허망과 진창이 허세와 진창이. 얽히고설키고 너의 책상에 의자에 시험과 발표를 옥죄고 달랜다. 창작이란. 창조란. 시란. 시적이란. 당신의 우주를 먹고 싶다. 당신의 얼굴을 넣고 싶다. 활을 겨눈다. 시간을 쏜다. 거울과 보

석과 하얀 눈이 쇼윈도에 박혀 있다. 꿈이 무지개로 반사된다. 경계도
없이. 하얗게. 노랗게. 투명하게. 딱딱한 물질로 남는다.

　　　　　　　　　　　　　　　　　　　—「환상 연구실」 전문

　세계의 이쪽에 머무르면서 언제나 먼 곳을 꿈꾸는 이는 필연코 삶
의 아이러니가 만드는 수수께끼를 풀지 못할 수밖에 없다. 아니 명
민한 시인은 그 수수께끼에 대한 답을 영원히 지연시키며 아이러니
의 놀이를 끊임없이 지속할 것이다. 아마 그것이 시인이 자신에게
지어 건넬 수 있는, 시라는 삶의 축복일 테니 말이다. 물론 이 축복
은 어딘가에서 또 다른 어딘가로 끊임없이 이동해야 하는 운명을 부
여한다. 그리고 언제나 전체나 종합보다는 부분과 파편으로 남기를
강요한다. 그러나 그럼으로써 "우주"라는 궁극에 이르고, "당신의 얼
굴"이라는 타인의 지평에 이른다.

　날카로워서 때로는 상처와 고통을 남길 수밖에 없지만 그럼에도
"무지개로 반사"되는 꿈이 "경계도 없이" 제 모습을 끊임없이 변화
시킬, 시작도 끝도 알 수 없는 이 놀이가 벌어질 장소에 시인은 "환
상 연구실"이라는 이름을 붙여 두었다. 아마 벌써 그는 이 연구실에
서 무언가를 새로이 만들 준비를 하고 있을 것이다. 허무와 공허를
지나고, 소멸과 파멸을 거쳐, 영원히 반복될 운명의 원환을 향하는
그의 행정(行程)이 어디까지 가닿을지 우리는 아직 알 수 없다. 다만
그가 꿈꾸는 꿈이 그에게, 그리고 우리에게 어느 정도의 좌표를 제
공하리라 기대할 수 있을 뿐이다. (2022)

이민하 시를 읽는 한 가지 방법

홀로 있음과 함께 있음

나는 왜 여기 있고, 너는 왜 거기 있는가. 너는 왜 여기 있을 수 없고, 나는 왜 거기 있을 수 없는가. 왜 우리는 한곳에 있을 수 없고, 이렇게 외따로 떨어져 있는가. 왜 떨어져 서로를 그리워하는가. 아니 어쩌면 외따로 떨어져 홀로 있기에 나는 너를 그리워하고, 너 또한 나를 그리워하는 것일까. 어떻게 해도 없앨 수 없고, 사라지지도 않는 홀로 있음이 나로 하여금 너를 그리워하게 한다. 그러니 내 그리움의 원천이여, 내가 너를 이토록 그리워한다고 하여 나를 탓하지 말라. 너 또한 이미 오래전부터 누군가를 그리워하였고, 지금이 아니라면 곧 다가올 시간에 나를, 혹은 네가 아닌 누군가를 그리워할 터이니.

생각해 보면 우리는 모두 혼자다. 어머니의 몸으로부터 분리되어 신체를 얻으며 하나의 생명체로 태어날 때부터 우리는 혼자였다. 어쩌면 근원적인 분리, 혹은 분열이 우리 삶의 원초적이고 근원적인 사태인지 모른다. 몸에 새겨진 분리와 분열의 기록은 결코 사라지지 않는다. 그래서일까. 홀로 있음의 불안이 누군가를 찾게 하고, 누군가를 그리워하게 한다. 처음에는 어머니와 가족으로, 그리고 친구와 연인으로. 내 그리움의 방향은 그다음에는 어디로 향하게 될까. 고독한 순간에 우리는 홀로 있음의 처절함을 깨친다. 그때 더욱더 함께 있음을 욕망하고, 누군가와 함께 있기를 간절히 바란다. 함께 있음은 홀로 떨어져 있는 우리가 궁극적으로 바라는 바다. 그러나 나와 함께 있을 그/그녀는 도대체 누구인가.

그런데 다시 한번 곰곰이 생각해 보면 나는 나 혼자였던 게 아닌 것 같다. 나를 나은 어머니와 나의 성장을 함께한 가족과 형제자매, 그리고 나의 성격이 형성되게끔 해 준 친구와 연인이 모두 나와 함께 있지 않았는가. 그들의 생각과 말과 행동이 오늘의 나를 만들었고, 오늘의 나를 있게 하였다. 그러니 나는 나 홀로 있었던 것이 아니라 나를 있게 해 준 주변의 수많은, 나 아닌 존재자들과 함께 있었다고 해야겠다. 그러한 타자가 내 안에 들어와 나를 만들었으니 나는 이미 내 안의 수많은 타자와 함께 있다고 해야겠다. 거기에는 인격적 주체로서의 존재자들만이 아니라 나를 성장케 한 물과 나무와 땅과 하늘과 별이 모두 있는 것 같다. 그러니 나를 나로 존재하게끔 한 것들은 이 세상에 있는 모든 것들이라 해도 지나친 말은 아니겠다.

그렇게 나는 내 안의 수많은 타자와 함께 살아간다. 내 안에 있는, 나와 다른 것들이 나를 나로 존재하게 하는 것이다. 내가 모르는, 내가 알 수 없는 내 안의 타자, 가장 내밀하지만 가장 멀리 있는 낯선 것들과 마주치며 나는 나를 형성해 왔고, 또 새로운 나를 형성해 갈 것이다. 내 안에 있는, 나를 있게 만들었지만 아직 채 다 알 수 없는 것들이 나와 함께 있다. 그러니 내 속에 내가 너무 많아, 당신이 머물 곳 없다는 옛 노래는 다시 이렇게 바꾸어 부르는 게 좋겠다. 내 속에 이미 너무 많은 타자가 있어, 나는 그런 타자와 함께 살아왔고, 앞으로 살아갈 것이라고. 그렇다면 이제 필요한 것은 타자와 함께 있을 수 있는 용기와 인내뿐일까.

그런데 다시 돌이켜 생각해 보면 내가 홀로 있음을 깨치고 누군 가와 함께 있게 되기까지의 과정은 결코 쉽지 않았던 것 같다. 이제 는 기억조차 나지 않는 처음 학교 가는 날의 설렘과 흥분이, 그리고 누군가를 새로이 만나는 일의 불안과 전율이, 또 마침내는 가정이나 학교라는 울타리를 벗어나는 일의 공포가 나를 아찔한 순간으로 몰 아넣지 않았던가. 그러니 나는 나라는 한계를 벗어나 한 걸음을 내 디딜 때부터 설렘과 흥분을, 동시에 전율과 공포를 느낄 수밖에 없 었을 것이다.

나는 홀로 있을 수밖에 없어 누군가와 함께 있음을 욕망하며 자 란다. 그리고 그 깨침의 과정에서 내 안에 수없이 많은 나 아닌 것들 이 함께 있음을 알게 된다. 그러나 그런 앎이 나의 고독함과 외로움 을 온전히 사라지게 할 수는 없다. 나는 이름을 부르고, 직접 만지며 느낄 수 있는, 그리고 함께 대화를 나눌 수 있는 누군가를 만나야 한 다. 그래야 혼자만의 섬에서 벗어날 수 있다. 나로부터 벗어나 나의 바깥에 있음, 아마 그것이 나라는 육체가 탄생과 성장과 소멸의 과 정을 지나며 마침내 겪게 될 것들이겠다.

시라는 캔버스의 안과 밖

독자의 접근을 쉽게 허락하지 않는 이민하의 시를 읽다 보니 있음 에 대해 본질적으로 생각할 수밖에 없었다. 낯설게, 전혀 새로운 방 식으로 쓰이는 그녀의 시를 이해하기 위해서는 한참 동안 골똘히 고민하며 읽고 다시 읽는 과정이 필요했다. 어떻게든 그녀의 시를 이해할 수 있는 범위 안으로 포섭하고자 하지만 언제나 그녀의 시는 손가락을 빠져나가는 모래처럼 조금씩 벗어난다. 그러나 헤적이며 나아가다 보면 길 없는 길에서도 이정표를 찾을 수 있지 않을까. 그러니 이 기록은 미로처럼 나 있는 그녀의 시들 사이에서 길을 찾는 과정이라고 해야겠다.

이민하가 어떻게 시를 만나고, 또 어떤 계기로 시를 쓰게 되었는지 나는 알 수 없다. 그러나 지금까지 펴낸 다섯 권의 시집을 읽으며 그녀가 지독한 고독 속에서 시를 매만졌고, 이미 있었던 방식과는 다르게 시와 삶과 예술을 만나고 사유하였으며, 그런 만큼 생각과 느낌을 새로이 표현하는 방법에 몰두하였으리라고 짐작할 수 있었다. 시에 자주 그림과 화가를 등장시키고, 또 전혀 다른 관점과 시각으로 자신과 타자와 세계를 만나는 장면을 묘사하는 장면에서 신선함과 동시에 알 수 없는 묘한 긴장을 느끼게 되었다.

『환상수족』이라는 낯선 제목의 시집을 낸 이래 『미기후』까지 모두 다섯 권의 시집을 낸 이민하의 시를 읽으며 드는 첫인상은 이런 것들이다. 홀로 있는 나라는 존재가 어떻게 너라는 타자를 만나게 되는가 하는 것, 그리고 그러한 과정과 방법이 얼마나 다양한가 하는 것. 그녀의 시를 잘 이해할 수 없다고 말하는 데는 여러 이유가 있겠지만 우선 이러한 과정과 변주를 받아들이는 데 사뭇 인색해서 그렇다고 해야겠다. 그러니 그녀도 자신의 작품에 대해 "복잡하거나 어려운 것은 없습니다. **손가락은 지시가 아니라 암시입니다.**"라고 말했을 터이다(「문제작」,『음악처럼 스캔들처럼』). 일상적인 비유법에서 벗어나서 낯설게, '지금, 여기'의 어떤 것이 아닌 다른 어떤 것을 지시하거나 암시하는 그녀 특유의 말하기/글쓰기/그리기 때문에 우리는 자주 길을 잃었고, 그래서 자주 알쏭달쏭한 수수께끼를 만난 듯 물음을 던졌다. 그러나 그러한 헤맴이 어떤 면에서 길을 찾는 데 중요한 실마리가 되었다고도 해야겠다. 우리는 헤매면서 헤적이며 나아간다. 우선『환상수족』의 한 편을 읽는다. 아니 그림을 감상하듯 천천히 음미해 본다.

둥글고 붉은 토마토가 있다 四角의 방 안에 있다 한 사람이 옆에 있다 아버지의 안경을 쓴 그는 고개를 돌려 나를 본다 가만히 보니 애인의 얼굴이다 그의 핏발 선 두 눈이 군침을 삼키던 나를 불결한 듯 욕실로 떠다민다 입이 파랗게 허기진 나는 높다란 선반에서 꺼낸 구름으로 입안 가득 이빨을 문질러 닦고는 돌아온다 방으로 오는 데 한나절이 걸린다 사람이 사라졌다 둥글고 붉은 토마토가 사라졌다 새하얀 사각의 캔버스만 놓여 있다 캔버스를 들여다보니 둥글고 붉은 토마토가 거기 있다 나는 캔버스 안으로 들어가 두리번거린다 둥글고 붉은 토마토 옆에 한 사람이 있다 애인의 넥타이를 맨 그는 고개를 돌려 내게 호통을 친다 가만히 보니 아버지의 얼굴이다 그의 둔탁한 목소리가 군침을 삼키던 나를 불온한 듯 캔버스 밖으로 떠다민다 나는 왼쪽 모서리에 매달려 안간힘을 쓴다 캔버스 밖은 낭떠러지다 아득한 곳에서 누군가 다가오는 소리 들린다 그는 내가 매달려 대롱거리는 캔버스를 들고 또 다른 사각의 방으로 옮긴다 몸이 심하게 흔들리자 나는 캔버스에서 떨어져 끝없이 추락한다 둥글고 붉은 토마토가 함께 굴러떨어진다 나는 추락하면서 둥글고 붉은 토마토를 걱정한다 눈을 떠 보니 한 사람이 옆에 있다 아버지의 파이프를 입에 문 그는 고개를 돌려 나를 본다 애인의 빨갛게 익은 혀가 내 입속으로 들어와 아침 인사를 한다 비릿하고 물컹하다 그의 등 너머로 둥글고 붉은 토마토가 보인다 다시 死

角의 방이다

—「토마토」(『환상수족』) 전문

많은 독자가 쉽게 알 수 있듯 이민하의 시는 그림과 닮아 있다. 이 것은 그녀가 화가의 이름들을 자주 호명하거나 시각적 매체를 자신 의 시에 중요한 소재로 삼기 때문이 아니라 그녀가 시를 하나의 캔 버스처럼 여기고 있기 때문일 것이다. 그림을 그리기 위해 비어 있 는 캔버스를 준비하는 것처럼 그녀는 시를 쓰기 위해 온전히 비어 있는 하얀 바탕을 마련하고, 그 캔버스-백지 위에 밑그림을 그리고 인물이나 배경을 채색하며 하나의 그림이라는 전체를 그려 나간다. 이러한 작업을 첫 시집의 여는 시와 닫는 시에서 그랬던 것처럼 '文' 과 '門'의 결합으로 여겨도 괜찮을 것 같다. 그림이라는 문(門)으로 들어가 시라는 문(文)을 새로이 창조해 내는 과정이라 해도 되겠다.

곰곰이 되풀이해서 읽어 보면 시의 이야기가 여러 가지로 읽힐 수 있을 것 같다. "四角의 방 안"에 "둥글고 붉은 토마토"가 있고, 사각 의 방이라는 캔버스 안에서 애인과 내가 벌이는 일련의 드라마가 조 금 색다르게 묘사되며 시의 이야기는 본격적으로 전개된다. 애인의 얼굴에서 아버지의 얼굴을 발견하니 이 연애에서 아버지의 금지를 읽을 수도 있겠고, 아니면 그 닮아 있음에서 매혹과 곤혹을 동시에 읽을 수도 있겠다. 어떻게 읽어도 좋겠지만 이 연애라는 사건이 캔 버스라는 바탕에서 이루어진다는 것은 최소한의 출발점이 된다. "나 는 캔버스 안으로 들어가 두리번거"리며 그 안을 살펴볼 수도 있고, 그 안에 있는 것들을 상상적으로나마 겪을 수도 있지만 "캔버스 밖 은 낭떠러지"이다. 텍스트의 바깥에는 아무것도 없다고 누군가 말 했다지만 이민하의 세계에서는 캔버스의 바깥에 아무것도 없는 셈이다. 텍스트로 이루어진 세계에서 벗어날 수 있는 방법이 없는 것처럼 캔버스로 이루어진 세계에서 벗어날 수 없다는 의미이겠다. 곧 캔버스가 우리가 사는 삶 그 자체라 읽어도 무방하다. 캔버스는 우리 삶의 여러 일이 일어나는 바탕이고, 그 삶의 한계를 지닌 근거에서 벗어날 수 있는 방법은 어디에서도 찾을 수 없다. 그렇다면 우리에게 남는 것은 이 캔버스 위에 어떤 그림을 그릴 수 있는가, 그리고 그 그림을 얼마나 아름답게 혹은 의미 있게 그릴 것인가 하는 것이다. 시인은 우선 연애라는 사건을 통해 이 캔버스를 장식하였다. 어쩌면 우리에게 각자의 캔버스를 조심스레 건네며 우리의 그림을 그려 보라고 제안한다고 해도 괜찮을까.

"토마토"라는 제목이 붙은 이 시/그림은 시로 그리는 그림이며, 그림으로 만드는 그의 개인사, 혹은 성장사라 해도 되겠다. 캔버스에 고정되어 있는 것처럼 보이는 물감의 색채들과 형상들이 서로 섞이고 엮이며 새로운 풍경을 만들듯 이 시에서 말하는 이야기도 읽는 관점에 따라 새로이 읽힐 수 있기 때문이다. 볼 때마다, 보는 각도에서마다 새롭게 보이는 그림처럼 이 시도 항상 새로이 읽힐 수 있겠다.

저는 시를 쓴 다음 가까스로, 거의 힘들게, 어렴풋이 증발합니다. 저는 시를 쓰는 게 아니라 시 속에 지워집니다. 시 속에 지워집니다. 시 속에 시 속에 내가 증발하지요. 그렇다면 나란 무엇입니까?

나는 나라는 육체에 속하는 게 아니라 나라는 육체에 참여합니다. 참여한다는 건 속하지 않으며 동시에 속함을 의미하고, 나는 나라는 육체에 속할 때, 말하자면 나라는 육체로 일반화될 때 이미 내가 아니지요. 이 땅엔 이런 의미로서의 귀속, 너무나 나 같은 나, 육체라는 일반의 옷을 입고 행세하는 우리들이 너무 많습니다.

일반화된 그대도 그대가 아닙니다. 내가 그대를 그리워한다는 것은 그대에 의해 그대 속에서 그대를 향해 그대와 싸우며 그대라는 길 위에서 헤매는 일이지요. 헤맬 때 내가 사용됩니다. 그대가 무엇인가를 알면, 도대체 그대가 있다면, 우린 그대를 그리워할 필요가 없을 것입니다. 일반화는 모든 관계의 숨결을 죽입니다.

내가 기다리는, 내가 연구하는, 내가 연구하면서 기다리는 관계는 이런 의미로서의 관계가 없는 관계이지요. 관계가 없을 때 관계가 태어납니다. 아아 관계가 없을 때 관계가 없을 때. 관계가 있다면 관계를 연구할 필요가 없습니다. 말하자면 나는 이 시대의 죽음이라는 통로를 주목하지요.

무엇이나 소통될 수 있는 이 죽음이라는 이름 또한 이상하게도 이 땅에선 무엇이나 소통되어선 안 된다는 편협한 일상에 감금된 지 오래입니다. 우리 죽음이 우울한 건 이런 일상 때문이지요. 일상을 파괴해야 합니다. 그리고 무엇이나 소통될 수 있는 죽음이라는 방식에 대한 새로운 확장이 필요합니다.

모든 제로의 관계는 제로의 무관계이고 이 무관계가 또 관계입니다. 무엇이나 소통될 수 있는 관계는 무엇이나 소통될 수 없다는 무관계이고 이 무관계가 또 관계입니다. 나는 죽음을 이야기합니다. 아니 삶인가요?

　　　　　　　　─「토크-쇼─관계에 대한 고집」(『환상수족』) 전문
　　　　　　　　　(이승훈 시 인용한 부분을 제외하고 옮김, 인용자)

이승훈의 시를 인용하고 그것을 경유하여 자신의 이야기를 전달하는 이 시는 이민하 시의 발생론, 혹은 시론이라 해도 될 것 같다. "나는 시를 쓴 다음 가까스로, 거의 힘들게, 어렴풋이 발생한다. 나는 시를 쓰는 게 아니라 시 속에 태어난다."는 이승훈 시의 한 구절은 위에 인용한 앞부분처럼 조금 변형된다. "저"라는 겸양어가 쓰였고, "발생한다"가 "지워진다"로, "태어난다"가 "지워진다"로 대체된 것이 이민하가 덧붙이고 변형한 부분이다. 기존 작품에 무언가를 덧붙이고, 또 변형함으로써 새로운 작품을 만들어 가는 작업이라 할 수도 있겠다. 아니면 하나의 생명체, 혹은 개체가 탄생과 성장과 소멸의 역사를 겪는 것이 만물의 이치이니 이승훈의 작품이 시의 발생론이라면 이민하의 작품은 시의 소멸론이라 할 수 있을까. 어떻든 이민하는 기존의 이야기에 무언가를 덧붙이고, 대체하며 조금 더 나아간다. 대체보충(supplément)을 통한 새로운 발생, 혹은 생성이다.

시의 다음 부분에서 이야기하는 것은 내가 나라는 육체를 가지게 되는 것이 어떤 의미인가, 그리고 그대의 존재론적 의미와 그대를 그리워함이 무엇인가 하는 것이다. 시인의 말을 따르자면 그대를 그리워한다는 것은, "그대에 의해 그대 속에서 그대를 향해 그대와 싸우며 그대라는 길 위에서 헤매는 일"이다. 홀로 존재할 수밖에 없는 내가 그대를 그리워함은 지극히 당연한 과정이겠으나 온전히 그대에게로 정향(定向)함으로써 그 의미를 제대로 얻을 수 있다는 것, 그리고 이것이 "관계가 없는 관계"로 이어지며, 이는 또 "일상을 파괴"하는 "죽음이라는 방식에 대한 새로운 확장이 필요"한 과정까지 연결되어 마침내 죽음과 삶의 새로운 결합으로 이어진다는 것이 이 시의 대의이겠다. 처음부터 마지막까지 이르는 사유의 연쇄, 혹은 이미지의 연쇄는 목숨을 건 도약이라 할 만큼 건너뜀의 간격이 꽤 크다. 그 연쇄 과정을 충분히 이해할 수 있거나 소명할 수 있는 것은 아니지만 그럼에도 삶의 진리를 새로이 생각해 보고자 한다는 데 그 초점이 있다고는 할 수 있겠다. 자기를 벗어나 타자로 향하고, 자기와 타자의 공동/공통 지반이 결국 죽음으로 향해 있으며, 탄생과 성장과 소멸로 이어지는 세상의 법칙에서 새로운 생성과 발생을 발견하고자 한다는 것. 이 사유의 연쇄와 이미지의 관계에서 무엇을 읽고 또 발견할 것인가. 시인이 우리에게 답변하기 힘든 근본물음을 건넨다.

첫 시집은 고민과 물음으로 가득 차 있었으며 새로운 방법과 시도로 넘쳐났다. 좀체 갈피를 잡을 수 없는 독자들은 손쉽게 시집의 제목에서 실마리를 얻어 환상으로 그녀의 시를 명명했다. 물론 환상이 그녀의 시에서 중요한 것이기도 하겠다. 논리와 법칙으로 짜여 있는 이성의 세계에 흠집을 내며 감각과 감성과 우연에 가치를 두는 것이 환상으로 이름 부르기 좋았기 때문이다. 그러나 그녀의 시는 이미 환상이라는 이름을 부여받기 전부터 환상으로부터 벗어나 움직이고 새로이 발생하고 있었다.

관계의 발생학, 혹은 현상학

두 번째 시집 『음악처럼 스캔들처럼』은 첫 시집에서 집중했던 관계에 대한 고민이 시집의 중요한 화두로 자리 잡으며 그 주제나 방법은 깊어지며 넓어진다. 관계란 둘 이상의 개체를 필수적으로 요청하며 그 사이에서 탄생하는 새로운 발생이나 형성을 이르는 말이지만 그 개체들이 정해진 것이 아니니 때마다 달라질 수밖에 없고, 그만큼 다채로울 수밖에 없다. 이민하가 묘사하는 새로운 관계의 현상학은 이 시집의 여는 시와 닫는 시에 핵심적으로 드러나 있는데 그 구조는 마치 첫 시집의 그것들과 유사하게 데칼코마니처럼 하나와 다른 하나가, 앞과 뒤가 같으면서 다르고, 다르면서 유사하게 서로 마주 본다.

> 한 개의 입으로는 태어날 수 없나니
> 우린 배 속에서 옹알이 대신 입 맞추는 연습을 했네.
> 지퍼처럼. 복화술처럼.
> 서로 다른 얼굴로는 태어날 수 없나니
> 우린 배 속에서 걸음마 대신 변장술을 익혔네.
> 처음 거울을 마주하고 텁수룩한 입술을 면도하던 날
> 차가운 혀를 몰래 나누고 우린 스쳐 갔네.
> 음악처럼. 스캔들처럼.
>
> —「첫 키스」(『음악처럼 스캔들처럼』) 전문

두 번째 시집의 첫 시는 마주침과 함께 있음에 관한 짧막하지만 강렬하기 이를 데 없는 순간을 묘사한다. "여자 쌍둥이 태아의 얼굴을 엇댄" 사진을 옮겨 두고 거기에 "첫 키스"라고 이름 붙이는 것이다. 이는 당연하게 여겼던 편견에 대한 물음이다. 태어나서 자라며 둘이나 둘 이상으로 함께 있게 되는 것이 우리의 일상적인 삶이라 여기는 평균적인 생각에 의문을 제기하며 오히려 더 근원적인 사태가 있을 수 있음을 말하기 때문이다. 시인의 말처럼 "배 속에서"부터 둘로 존재하는 쌍둥이가 있으니 말이다.

그러나 서로 육체가 붙은 쌍둥이가 둘로서 각자의 삶을 누릴 수 없음은 또 다른 물음을 제기한다. 왜냐하면 한 개체가 개체로서 온전히 존재하기 위해서는 분리되어야 하고, 그러한 분리를 통해 개별성과 자유를 얻어야 하기 때문이다. 어쩌면 배 속에서부터 둘로 존재하다 분리되어 태어나는 쌍둥이는 근원적인 분리와 분열에 대한 또 다른 표현이라 할 수도 있겠다.

이 시집에는 다양한 발생의 현장이 때로는 아름답게, 때로는 서늘하게 기록되어 있다. "팔색조 한 마리를 상자에 담아" 사랑하는 "그에게 보내"는 이야기는(「빈 상자」) 기묘하면서도 아름답고, 유년 시절의 이야기를 동물학자의 실험에 빗댄 이야기는(「비둘기 페트라」) 섬뜩하면서도 서늘하게 우리 삶을 되돌이켜 보게 한다. 「비둘기 페트라」가 가족이라는 유대 안에서 가해지는 폭력에 대해 고발하기 때문이다. 자신의 성장담을 담은 「천국의 i들」이나 「피아노」와 같은 작품들을 읽다 보면 시인이 얼마나 고통스럽게 유년 시절을 견디며 지나왔는지 어느 정도 짐작하게 된다. 어떤 의미에서는 고통과 상처로 가득한 성장 과정이 그녀의 문학에서 가장 핵심적이라고 할 수 있을 만큼 이러한 모티브는 시적 여정을 시작할 무렵부터 최근까지 자주 등장한다. 어쩌면 그러한 고통의 극한을 지나며 새로운 가능성을 찾는 과정에서 시와 그림과 영화라는 탈출구를 만났는지도 모르겠다. 그러나 이민하는 자신의 작품이 상처와 아픔을 드러내는 징후로, 혹은 그것들을 극복할 수 있는 실마리로 읽히기만을 원하지 않을 것이다. 고통과 상처는 누구나 겪을 수밖에 없는 것이니 우리는 그녀가 아프게 기록해 둔 것들을 읽으며 우리의 삶을 반추하고, 그러한 과정을 통해, 그녀와 함께 새로운 발생과 형성을 꿈꿀 수 있는 것이 아닌가.

두 번째 시집의 마지막 시는 첫 시와 대위를 이루듯 죽음까지도 함께하는 삶을 묘사한다.

그들의 죽음이 태어난 날.

내 주머니에서 폭죽을 털어 산파들은 떠나고

아랫배를 울리는 자명종 소리에

가위를 꺼내 나 혼자 배꼽을 지지는 텅 빈 거리.

때가 탄 케이크에 수십 개의 내 얼굴이 꽂히고

나프탈렌 같은 촛불이 켜졌다.

둘이서 촛불을 끄는 그들은 누가 뭐래도 연인.

목 조르지 않고는 멈출 수 없느니.

—「관계의 고집」(『음악처럼 스캔들처럼』) 전문

　유물로 발굴된 남녀의 모습은 죽는 순간까지 같이 있고자 하는, 죽음으로도 나눌 수 없는 연인의 모습이다. 언제까지나 함께 있으려는 연인의 욕망은 이다지도 강렬한 것일까. 죽음마저도 그들을 떼어 놓을 수 없었으니 말이다. 그러나 동시에 여기에는 함께 있음의 위태로움이 도사리고 있는 것 같기도 하다. 시인은 이 모습에 신석기 시대 연인의 유골이라고 친절하게 설명을 달아 두었지만 정작 도발적으로 제기하는 물음은 겉으로 보이는 연인 관계가 과연 실제로도 그러한가 하는 것이다. 상대의 목을 향해 있는 그들의 손이 오히려 "목 조르지 않고는 멈출 수 없"는 증오나 원한의 몸짓으로 보이기도 하기 때문이다. 사랑은 언제나 아름답기만 한 것이 아니라 가공할 폭력이 되기도 하는 모순을 암시하려고 했던 것일까.

　함께 있음은 홀로 있음을 벗어날 수 있게 해 주지만 동시에 개별성과 자유가 없어진 상태이기도 하다. 상대를 자신 쪽으로 끌어당겨 자신의 뜻대로 움직이려는 시도는 아무리 사랑에서 비롯되었다 해도 억압이며 폭력일 뿐이다. 어떤 순간에도 자유로운 활동을 통제하는 것은 구속에 불과하다. 사랑은 언제나 증오나 폭력과 함께 작

동한다. 증오와 폭력을 짝으로 가지지 않는 사랑은 사랑이 아닐지도
모른다. 사랑의 이면에는 항상 증오와 폭력이 함께 있을 수밖에 없
음을 이 작품을 통해 다시 한번 새기게 된다.

관계에 대한 철저한 고민을 거친 이민하는 세 번째 시집『모조
숲』에 이르러 관계의 가장 본질적인 현상인 사랑에 대해 더 다채롭
게 이야기한다. 우선 그 첫 시부터가 이러하다.

> 토마토는 붉고
> 침이 고인다 깨물지 않아도
> 어둠이 닳도록 핏발을 모으는 관중과
>
> 한 장 한 장 혀를 넘기며
> 입에서 입으로
> 時代에서 詩代로
> 갈라 터지는
>
> 입맞춤과 시치미의 논란 속에서
> 사랑,
>
> 그 영원한 표절
>
> ―「베스트셀러」(『모조 숲』) 전문

사랑은 언제나 알 수 없는 암호이며 비밀이다. 사랑이 암호이며
비밀인 것은 당사자들만 이해할 수 있는 언어와 기호로 소통되기 때
문이다. 내밀한 언어로 쌓아 올린 사랑의 성은 오직 그 성의 거주자

에게만 허락된다. 그러므로 사랑은 그 외부에 있는 이들에게는 차단이자 배제로 작용할 수밖에 없다.

사랑의 감정을 느끼는 순간 우리는 마법에 사로잡힌 것처럼 전혀 다른 사람이 된다. 사랑이 우리로 하여금 하나가 될 수 있다는 착각에 빠지게 하기 때문이다. 홀로 있음의 잔인한 외로움이 완전히 사라질 수 있다는 생각에 우리는 한층 더 사랑에 몰두한다. 둘이 만나 하나가 될 수 있다는 기쁨에 대한 기대가 다른 것을 보지 않게 하고, 볼 필요도 없게 만든다.

그러나 사랑은 그러한 기쁨과 희망으로 완결되는 것 같지 않다. 오히려 사랑은 분열과 분리를 다시 알게 하는 슬픈 사건이기도 하지 않은가. "입맞춤과 시치미의 논란"을 끊임없이 발생시키는 것이 사랑이고, 그런 까닭에 사랑은 "영원한 표절"로 남기 때문이다.

어떤 의미에서는 둘이 만나 하나가 된다는 환상은 사랑이 우리에게 던지는 달콤한 유혹인 것 같다. 우리가 사랑에 빠지고, 사랑을 갈구하는 것은 사랑이라는 환상이 우리를 소비하기 때문이 아닌가. 입맞춤을 나누며 사랑의 절정을 누린다고 생각하지만 그것이 착각임을 모를 수는 없다. 사랑의 절정을 부정하고 그 가치를 언제나 의문에 부치는 시치미가 늘 끼어들기 때문이다. 그러니 사랑은 부실한 토대 위에 위태로이 서 있는 부실 건축물 같다.

사랑이 진정한 것이 되기 위해서는 둘이 하나가 되는 것이 아니라 둘이 둘로서 존재하게 하는, 위험하지만 아름다운 사건이 될 수 있어야 한다. 사랑을 통해 어느 한쪽이 사라진다면 그것은 사랑이 아니라 억압이나 구속, 혹은 폭력일 뿐이다. 그러니 우리는 타인이 우리 안에 들어와 자유로이 머무를 수 있는 강인함을 소유할 수 있도록 영혼의 훈련을 끊임없이 이어 가야 하는 것인지도 모른다.

"외로움의 세포가 우리의 숙주"이지만(「영화적인 삶」, 「모조 숲」), 홀로 있음은 결코 없앨 수 없는 불치병 같은 것이지만 그렇기 때문에 외로움과 함께 지낼 수 있는 방법을 계속해서 고민해야 한다. 마침 이 시집의 마지막 시가 이에 대해 이야기한다. 처음과 마지막이 서로 닮았으나 이제는 좀 더 풍성해졌다. 그 끝부분을 옮긴다.

치마가 찢긴 맨발 소녀들이 쓸려 내려왔다.
물속에 누워 상처가 아무는데
꼬리를 물고 꼬리를 물고 꼬리를 무는 소문들.
유람선을 끌고 다니며
잠든 소녀들을 낚시하는 주인공들의 이야기.
백마 탄 왕자는 그만 보내세요.
차라리 손목을 끊으세요. 절필하세요.
눈을 맞추고 입을 맞추고
그다음엔 무엇이 필요한가.
베이비가 필요한가.
우리는 모두 서로의 베이비.
입맞춤과 시치미의 논란 속에서.

나는 숲을 캐스팅한다.
대본이 필요한 사람들은 강 건너로 돌아갔다.
숲을 나오면 숲은 사라진다.
나는 바닥에 목을 내려놓고 누워 있다.
말 한 마리가 숲속을 달린다.
말굽 소리가 내 목을 끌고 간다.

낭만적인 사랑이라는 판타지는 이제 더는 필요 없다는 선언이고, "꼬리를 무는 소문들"에 더는 속지 않겠다는 다짐이다. "백마 탄 왕자" 따위는 이제 믿지 않겠다는 완강한 맹세이며, 헛된 이야기를 지어내는 이들에게 보내는 야유이다("차라리 손목을 끊으세요. 절필하세요.").

이제 남은 것은 무엇인가. 이제 새로운 이야기가, 우리가 만들어 낼 전혀 새로운 이야기가 필요하다. "숲을 캐스팅한" 시인의 이야기. 아마도 그 이야기는 앞으로도 계속 이어질 것이고, 또 이어져야만 한다. 그녀의 이야기는 끝도 없을 것이기에.

네 번째 시집 『세상의 모든 비밀』과 다섯 번째 시집 『미기후』에 이르면 이제 타자와 만남에 대해 오래도록 고민한 결과가 펼쳐진다. 어쩌면 이민하의 시적 사유의 핵심이 타자와 만남, 혹은 타자와 함께 있음에 대한 것일 수도 있겠다. 홀로 있음에 대한 성찰로부터 시적 여정을 시작하여 마침내 다다른 곳이 타자와 함께 있음, 혹은 공동/공통존재라 할 수 있을까.

여기서 『모조 숲』에서부터 시적 대상으로 자주 호명된 고양이와의 만남을 떠올려 볼 필요가 있다. 이 시집에 실린 「고양이라는 사건」, 「고양이라는 증상」, 「검은고양이소셜클럽」 등 일련의 고양이 연작은 단순히 고양이를 소재로 한 시라고 하기는 힘들다. 어떤 면에서 고양이는 가장 타자적인 존재자를 대변한다고도 할 만하다. 인간과 가까운 곳에 머물면서도 인간의 손길로부터 자유로운 동물이 고양이이니 말이다. 사랑은 인간과 인간의 관계만을 전도시키는 것이 아니라 인간과 동물의 관계도 전도시킨다. 고양이를 사랑하다 보면 고양이의 손짓과 울음을 알아듣고 고양이와 같이 생각할 수 있는 단계에 이르기도 한다. 인간이 고양이를 키우는 것이 아니라 고양이가 인간을 키운다고 말하는 것처럼. 그러나 인간이 인간이라는 범위와 한계를 벗어나는 것이 과연 가능할까.

인간이 사유할 수 있는 비-인간의 극한이란 죽음이고, 그 죽음이란 나의 죽음이 아니라 다만 타자의 죽음일 수밖에 없다. 그렇다면 자신에 대한 물음의 끝에는 타자와 죽음이 있다고 해도 되겠다. 인간은 어떤 노력을 하더라도 인간이라는 한계 바깥으로 갈 수는 없지만 그럼에도 생각을 거듭하다 보면 인간으로부터 가장 멀리까지 외출할 수도 있을 것이다. 물론 그것은 단지 외출에 그치겠지만, 그래서 결국에는 원래의 위치로 되돌아오는 외출이겠지만 그럼에도 그러한 사유의 외출을 통해 타자에게 조금은 더 가까이 갈 수 있지 않을까. 시인이 고양이를 단지 애완의 대상이나 사물로만 여기지 않고 오히려 고양이가 된 듯이, 고양이의 목소리로 이야기하는 방법을 실험해 본 것은 인간이라는 육체와 사고로부터 벗어날 수 있는 방법을 고민한 결과라고 할 수 있지 않을까. 어떻게 해도 인간은 인간 바깥으로 나갈 수 없지만 그럼에도 우리는 그러한 연습을 끊임없이 계속함으로써 벗어나 있음의 가능성을 조금이나마 경험할 수 있을 것이다.

인간의 비-인간 되기. 이것은 단지 기계나 사물이나 동물에 가까이 가는 것이라 할 수는 없다. 타자와 함께 머무를 수 있는지, 타자와 함께 생각할 수 있는지 묻는 것, 그것은 진정한 타자와의 관계를 사유하는 것이며, 그런 의미에서 새로운 관계를 발본적으로 묻는 질문임과 동시에 정의와 윤리를 새로이 창안하는 물음이다. 이 창발적인 물음이 새로운 시적 사유를 내놓는다.

네 번째와 다섯 번째 시집에서 가장 눈에 띄는 장면은 죽은 자들과의 만남이다. 그런데 이들은 자연적으로 죽음에 이른 자들만이 아니라 비극적인 사건으로 억울하게 죽음에 이른 자들이기도 하다. 제 수명을 다한 이들에 대해서도 안타깝기 그지없지만 그렇지 않은 이들에 대해서는 달리 무슨 말이 필요하랴. 특히 2009년과 2014년에 이 땅에서 벌어진 어처구니없는 사건과 사고의 희생자들에 부친 애도의 시들은 더욱 그러하다. 그러나 안타까움만으로 슬픔과 고통이 온전히 사라질 수는 없다. 어떤 의미에서는 슬픔과 고통은 오래 간직될 때에만 비로소 제 의미를 지닐 수 있는지도 모른다. 슬픔과 고통을 함께 느끼며 비로소 우리는 함께 있음을 경험할 수 있기 때문이다.

문밖에서 누군가 울고 있다. 울음이 귓속으로 흘러드는 건, 우리 사이에 길이 있다는 건가. 길은 어디에서 발생되는가. 샘처럼 터진 너의 입과 종잇장처럼 나부끼는 나의 귀. 울음이 비껴가는 텅 빈 순간이 너와 나 사이의 간격이다. 울고 있는 너의 얼굴은 달처럼 타오르는가. 나는 두 눈을 들지 못하겠다. 울음이 불덩이처럼 가득 차서 몸속에서 나가고 싶다. 손잡이를 돌리듯 둥글게 손을 말아 쥐고 가슴을 치지만 나는 나를 열지 못하겠다. 손끝마다 무거운 건 온몸이 쏠려 있기 때문인가. 너의 비밀에 닿아 있기 때문인가. 나는 손마디 하나 자르지 못한 채 어른의 표면적에 가까워졌다. 낯선 울음을 삼키며 한 겹씩 피부가 늘어졌다. 내 몸의 끝은 어디까지인가. 너의 울음소리까지인가. 잠들기 직전까지인가. 나는 서랍이 있다. 열쇠와 칼날이 뒤엉켜 빛나는 어둠 속에 누가 손을 넣어 휘저어 줄 것인가. 미아처럼 울면서 기차가 지날 때마다 철로변의 꽃들이 쓸려 나간다. 짓무른 살갗이 빨갛게 털갈이를 하는 낙화의 시간. 몸 밖에서 누군가 울고 있다. 꽃들은 매일 죽고 나는 무덤의 표면적에 가까워진다. 아침보다 치명적인 사건은 없다.

누군가 죽음을 맞이하여 "문밖에서 누군가 울고 있"고, "나는 두 눈을 들지 못"한 채 다만 그 울음을 따라 울 뿐이다. "울음이 귓속으로 흘러드는 건" 문밖에 있는 누군가와 나, "우리 사이에 길이 있"기 때문이다. 다른 이의 죽음이, 다른 이의 슬픔이 내게로 전달되고 나는 그것을 다만 느낀다. "울음이 불덩이처럼 가득 차서 몸속에서 나가고 싶"지만 내가 나의 바깥으로 갈 수 있는 방법을 나는 모른다 ("나는 나를 열지 못하겠다."). 그러나 타인의 죽음에서 비롯하는 격렬한 감정이 나를 저 심연에서부터 움직이게 하고, 나를 나의 바깥으로 나가도록 한다.

당신과 나 사이, 시인인 당신과 독자인 나 사이

있음이란 그저 있음이나 단순히 있음이 아니라 누군가와 함께 있음이고, 그 함께 있음을 깨쳐 가고 있음이며 그런 의미에서 끊임없는 과정이요 새로운 생성이다. 함께 있음이란, 그리고 함께 있을 수 있음이란 나를 벗어나 있음이며 타인에게로 넘어가고 있음이며 되넘어오고 있음이다. 그리하여 애초의 나로부터 끊임없이 변하고 있음이며 그런 까닭에 새로운 발생이며 탄생이다. 이러한 발생과 탄생의 끝에 새로운 가능성이 도래한다. 이 과정은 늘 운동 중에 있으므로 정해진 규정의 지배 아래 있을 수는 없다. 그리하여 끊임없는 생성이 지속된다.

그러나 생각해 보면, 홀로 있음은 더불어 있음과 함께 있음을 위한 전제 조건이다. 어느 누구도 혼자서 존재하는 것을 느끼지 않고서 누군가와 함께 있음을 바랄 수는 없기 때문이다. 그러나 단지 홀로 있다고 하여 함께 있음으로 자동적으로 이어지지는 않는다. 나의 고유성을 고집하지 않고 타자가 들어와 머무를 수 있는 공간을 마련해 두어야 한다. 그럴 때에만 나와 타자는 공통의 어떤 것을 만들며 진정한 의미에서 함께 존재할 수 있다. 그러니 다시 이렇게 얘기할 수 있겠다. 공통된 것은 나와 타자의 차이 속에서 새로이 만들어진다고 말이다. 동일성이 공통의 것을 만드는 것이 아니라 차이가 공통의 것을 만든다. 차이와 차이의 마주침, 혹은 만남이 새로운 공통성을 생성시킨다. 그러한 공통성의 창출을 소통이라 할 수 있을까.

시인과 독자는 가장 멀리 있는 곳에서 서로 이웃한다. 시인도 나를 모르고, 나는 더욱 시인을 모르니 우리는 서로에게 완전한 타자이다. 그러나 시인은 고독한 자이며, 그의 시를 읽는 우리도 고독한 자임은 마찬가지이다. 가장 고독한 순간에 시인은 시를 쓰고, 독자는 시를 읽는다. 시라는 매개를 통해 가장 멀리에서 가장 고독한 순간에 만난다. 시인과 철학자가 가장 높은 꼭대기에서 서로 이웃하듯 시인과 독자는 가장 멀리서 가장 고독한 순간에 서로 이웃한다. 시인의 시를 읽기 위해 독자는 가장 낮고 외롭고 쓸쓸하게 되어 가며 시인의 시를 읽어야 한다. 가장 고독한 순간에서야 비로소 시가 우리에게 말을 잠깐 건네기 마련이고, 우리는 그러한 말함과 들음을 주고받으며 잠깐이나마 서로 함께 있음을 느끼며 새로운 함께 있음을 꿈꾸기 시작한다. 새로운 시작이 우리 사이에, "맨 처음의 나와 마지막의 나/사이에" 그리고 "당신과 나 사이에" 있다.

서로 다른 기억들의 보폭을 맞추며
맨 처음의 나와 마지막의 나
사이에 당신이 있다

맨 처음의 나는 당신을 납치하고
마지막의 나는 당신의 인질이 되어
우리는 걸었지 팔짱을 끼고
오른팔과 왼팔이 엇갈린 채로
당신과 나 사이에 내가 있다
나와 당신 사이에 당신이 있다
죽어서도 나란히 팔짱을 끼고

—「로드무비」(『미기후』) 부분

(2021)